K

JIYC

NASCIDA EM 1982

KIM JIYOUNG, NASCIDA EM 1982

CHO NAM-JOO

Tradução de
Alessandra Esteche

intrínseca

TÍTULO ORIGINAL EM INGLÊS
Kim Jiyoung, born 1982

PREPARAÇÃO
Manoela Alves

REVISÃO
Eduardo Carneiro
Midori Hatai

PROJETO GRÁFICO E DIAGRAMAÇÃO
Ilustrarte Design

DESIGN DE CAPA
Matt Johnson/S&S Art Dept.

ADAPTAÇÃO DE CAPA
Laísa Andrade

CIP-BRASIL. CATALOGAÇÃO NA PUBLICAÇÃO
SINDICATO NACIONAL DOS EDITORES DE LIVROS, RJ

N161k
Nam-Joo, Cho, 1978-
Kim Jiyoung, nascida em 1982 / Cho Nam-Joo ; tradução Alessandra Esteche. - 1. ed. - Rio de Janeiro : Intrínseca, 2022.
176 p. ; 21 cm.

Tradução de: Kim Jiyoung, born 1982
ISBN 978-65-5560-492-4

1. Sexismo - Ficção. 2. Discriminação de sexo contra as mulheres - Ficção. 3. Ficção sul-coreana. I. Esteche, Alessandra. II. Título.

22-75738 CDD: 895.73
CDU: 82-3(519.5)

Meri Gleice Rodrigues de Souza - Bibliotecária - CRB-7/6439

EDITORA INTRÍNSECA LTDA.
Rua Marquês de São Vicente, 99, 6º andar
22451-041 — Gávea
Rio de Janeiro — RJ
Tel./Fax: (21) 3206-7400
www.intrinseca.com.br

Sumário

Outono de 2015

Kim Jiyoung tem trinta e três anos, ou trinta e quatro na idade coreana. Ela se casou há três e teve uma filha em 2014. Vive em um pequeno apartamento alugado nos arredores de Seul com o marido, Jung Daehyun, de trinta e seis anos, e a filha, Jung Jiwon. Daehyun trabalha em uma empresa de TI de médio porte e Jiyoung saiu de uma pequena agência de marketing algumas semanas antes do parto. Daehyun chega em casa por volta da meia-noite e vai ao escritório pelo menos uma vez durante os fins de semana. Os pais dele vivem em Busan. Já os pais dela têm um restaurante, então Jiyoung cuida da filha sozinha. Assim que completou um ano, no verão, Jiwon começou a frequentar a creche em meio período. Ela passa as manhãs em um apartamento convertido em creche, no térreo do prédio onde mora.

O comportamento incomum de Jiyoung foi percebido pela primeira vez no dia 8 de setembro. Daehyun sabe a data exata porque era manhã de *baengno* ("orvalho branco"), após a primeira noite de outono em que a temperatura cai abaixo do ponto de orvalho.

Daehyun estava comendo torrada com leite no café da manhã quando de repente Jiyoung foi até a varanda. Estava bem ensolarado lá fora, mas o ar frio entrou assim que a porta da varanda foi aberta e atingiu a mesa da cozinha à qual Daehyun estava sentado.

Jiyoung voltou à mesa com os ombros curvados e, ao se sentar, disse:

— Eu estava sentindo o ar mais fresco nas últimas manhãs, e hoje é *baengno*! Orvalho branco sobre o campo *douraaado*, no dia de *baengno* o amanhecer é *gelaaado*.

Daehyun riu da esposa, que falava como uma mulher muito mais velha.

— O que deu em você? Está parecendo sua mãe.

— Leve uma jaqueta leve, Jung *seobaaang*. O ar fica gelado de manhã e à noite.

Ainda assim, ele pensou que ela estivesse brincando. A imitação da mãe era impecável, incluindo a piscadela com o olho direito ao pedir um favor e a última sílaba alongada ao pronunciar "Jung *seobang*". Ele a flagrara olhando para o nada ou chorando ao ouvir músicas tristes, mas imaginou que só estivesse exausta por cuidar da bebê. A esposa era uma pessoa alegre, toda risonha, que sempre o divertia ao imitar celebridades. Então Daehyun não se preocupou muito. Apenas a abraçou e foi trabalhar.

Quando ele voltou naquela noite, ela estava dormindo ao lado da filha. Ambas estavam chupando o dedo, o que era fofo, mas estranho. Observando as duas juntas, ele puxou a mão da mulher para que tirasse o dedo da boca. Jiyoung mostrou um pouco a língua e estalou os lábios, como um bebê, e voltou a se acomodar, dormindo.

Alguns dias depois, Jiyoung disse que era Cha Seungyeon, uma amiga da faculdade que havia morrido no ano anterior. Seungyeon e Daehyun ingressaram na universidade juntos, e Jiyoung entrou três anos depois. Os três eram membros do mesmo clube de trilha. No entanto, Jiyoung e Daehyun não se conheceram na faculdade. Daehyun planejava fazer mestrado, mas teve de desistir por questões familiares. Quando completou o terceiro ano, ele trancou a faculdade para cumprir o serviço militar atrasado e depois voltou para casa, em Busan, a fim de trabalhar durante um ano por meio período. Jiyoung entrou para a faculdade e se tornou membro ativo do clube de trilha enquanto ele esteve afastado.

Seungyeon sempre tratou bem as outras mulheres do clube; além disso, ela e Jiyoung tinham algo em comum: não gostavam de fazer trilhas. Ficaram amigas, mantiveram contato e se encontraram frequentemente, mesmo depois que Seungyeon se formou. Aliás, foi no casamento dela que Daehyun e Jiyoung se conheceram. Seungyeon teve embolia por líquido amniótico no parto do segundo filho. Jiyoung estava enfrentando uma depressão pós--parto quando soube da morte da amiga. Com a notícia terrível, além de todo o restante, passou a ser difícil lidar com as tarefas diárias.

Depois que a filha dormiu, o casal relaxou e bebeu umas cervejas, algo que não faziam havia algum tempo. Quando estava quase terminando uma lata, Jiyoung deu um tapinha no ombro do marido e disse, bruscamente:

— Ei, Jiyoung está passando por um momento difícil. Cuidar de um bebê é muito desgastante. Sempre que puder, você deveria dizer a ela: *Você está se saindo muito bem! Está se esforçando tanto! Reconheço seu esforço!*

— Você está em projeção astral, querida? Tudo bem. Sim, você está se saindo muito bem, Jiyoung. Sei que está passando por um momento difícil. Reconheço seu esforço e amo você.

Daehyun apertou a bochecha dela com carinho, mas Jiyoung afastou a mão dele, irritada.

— Você ainda me vê como a Cha Seungyeon de vinte anos toda apaixonada? Que tremeu como uma folha no meio do verão ao confessar seus sentimentos?

O coração de Daehyun parou. Fazia quase vinte anos que aquilo tinha acontecido. No meio do dia, no meio do verão, no meio do campo de atletismo da universidade, a muitos metros de um pontinho minúsculo de sombra.

O sol escaldante caía sobre eles. Ele não se lembrava de como haviam parado ali, mas dera de cara com Seungyeon, que de repente revelou que gostava dele. Ela gostava dele, tinha sentimentos por ele, foi o que disse, o suor escorrendo, os lábios tremendo, gaguejando. Daehyun a encarou desconsolado, e ela percebeu na hora.

— Ah, você não sente o mesmo por mim. Entendi. Esqueça o que eu falei. Esqueça que isso aconteceu. Vou continuar tratando você do mesmo jeito, como se nada tivesse acontecido.

E ela correu pelo campo e desapareceu. De fato continuou tratando-o como antes, como se nada tivesse acontecido, tão despreocupada que Daehyun se perguntou se aquela declaração não tinha sido uma alucinação causada pela exposição ao sol. Nunca mais pensou naquele dia. E agora sua esposa trazia o episódio à tona — uma cena de uma tarde ensolarada quase vinte anos antes, sobre a qual apenas duas pessoas no mundo sabiam.

— Jiyoung — foi tudo que Daehyun conseguiu dizer. Talvez tenha murmurado seu nome outras três vezes.

— Ah, cara, pare de me chamar pelo nome dela. Eu já entendi, já sei: você é um marido exemplar!

Ah, cara, Cha Seungyeon costumava dizer isso quando estava bêbada. Ele ficou de cabelo em pé e sentiu como se correntes elétricas percorressem seu couro cabeludo. Fingindo não ter se abalado, continuou pedindo a ela que parasse de brincadeira. Jiyoung deixou a lata vazia sobre a mesa, foi até o quarto e se deitou ao lado da filha, sem escovar os dentes. Dormiu imediatamente. Daehyun pegou mais uma cerveja e entornou. Aquilo era algum tipo de piada? Ela estava bêbada? Estava possuída por um espírito ou algo assim, como as pessoas na TV?

Na manhã seguinte, Jiyoung saiu do quarto massageando as têmporas. Não parecia se lembrar do que tinha acontecido na noite anterior. Por um lado, ele ficou aliviado ao pensar que ela apenas estava bêbada; por outro, aquele era um comportamento assustador. Além disso, era difícil acreditar que ela havia ficado bêbada e apagado. Só tinha bebido uma latinha.

O comportamento estranho surgia esporadicamente. Ela mandava mensagens de texto cheias de emojis que não costumava usar ou preparava pratos como *seolleongtang* — uma tradicional sopa coreana — ou macarrão transparente, de que ela não gostava nem sabia fazer direito. Jiyoung começava a parecer uma estranha para Daehyun. Depois de todo aquele tempo — das histórias que compartilharam, inúmeras como gotas de chuva, dos carinhos suaves e delicados como flocos de neve e da filha linda que se parecia com os dois —, a esposa, com quem tinha se casado havia três anos, após dois anos de um romance apaixonado, parecia outra pessoa.

Então chegou o *Chuseok*, o feriado da celebração da colheita. Eles foram visitar os pais de Daehyun em Busan. Daehyun tirou a sexta-feira de folga, e os três saíram de casa às sete da manhã e chegaram a Busan cinco horas depois. Almoçaram com os pais de Daehyun, e ele, cansado da viagem longa, tirou um cochilo. Daehyun e Jiyoung costumavam se revezar ao volante em viagens longas, mas, desde que a filha nascera, Daehyun dirigia o tempo todo. A bebê se remexia, reclamava e choramingava sempre que a colocavam na cadeirinha, e Jiyoung sabia melhor como mantê-la ocupada e feliz com brincadeiras e lanchinhos.

Jiyoung lavou a louça depois do almoço, fez uma pausa para o café e foi à feira com a sogra comprar comida para o *Chuseok*. Elas passaram a tarde fazendo a *seolleongtang*, marinando a costela, preparando e escaldando as verduras a fim de temperar uma parte e congelar o restante, lavando frutos do mar para as panquecas e os bolinhos do dia seguinte. Então jantaram e lavaram a louça.

No dia seguinte, Jiyoung e a mãe de Daehyun fizeram panquecas, fritaram bolinhos, ensoparam a costela e moldaram os bolinhos de arroz. A família comeu pratos típicos frescos e se divertiu. A filha, Jiwon, se sentia em casa nos braços e no colo dos avós, que cobriram a criança afetuosa de amor.

O dia seguinte era *Chuseok*. O primo mais velho de Daehyun era responsável pelos ritos ancestrais, então a família não tinha muito que fazer naquele dia. Todos dormiram até mais tarde, tomaram um café da manhã com as sobras do dia anterior e terminaram de lavar a louça. Foi quando Suhyun, irmã mais nova de Daehyun, chegou com a família. Dois anos mais nova que o irmão e um ano mais velha que Jiyoung, Suhyun morava em Busan com o marido e os dois filhos, assim como seus sogros. Como seu sogro era o mais velho dos irmãos homens, Suhyun sofria muita pressão durante as festas, pois devia preparar pratos para os ritos ancestrais e esperar os convidados. Ela dormiu assim que chegou. Jiyoung e a mãe de Daehyun prepararam mais *seolleongtang* e arroz fresco, grelharam peixes e temperaram verduras e legumes para o almoço.

Após lavarem a louça, Suhyun pegou uma sacola grande de presentes para Jiwon: vestidos de todas as cores, um *tutu*, presilhas de cabelo, meias rendadas e coisas do tipo. Suhyun colocou presilhas no cabelo de Jiwon e meias em seus pés, admirando a bebezinha. *Eu queria ter uma filha. As filhas são as melhores.* Enquanto isso, Jiyoung servia pratos com maçãs e peras fatiadas, mas todos estavam tão satisfeitos que mal tocaram nas frutas. Quando ela apareceu com os bolinhos de arroz, Suhyun pegou um.

— Mãe, a senhora fez isso em casa?

— É claro que fiz.

— Mãe, quantas vezes eu tenho de dizer? Não faça comida em casa! Eu ia falar isso antes, mas não prepare *seolleongtang* também. Compre as panquecas no mercado e os bolinhos de arroz na loja. Por que a senhora cozinha tanto se nem fazemos os ritos ancestrais aqui? A senhora está muito velha para isso, e é pesado para Jiyoung.

O rosto da mãe foi tomado pela decepção.

— Não é trabalho quando estamos alimentando nossa família. Os feriados servem para reunir, preparar os alimentos e comer juntos. — Ela se virou para Jiyoung e a colocou na berlinda. — Foi pesado demais para você?

Ao ouvir isso, a expressão de Jiyoung se suavizou, suas bochechas coraram levemente e um sorriso acolhedor surgiu em seu olhar. Daehyun ficou nervoso. Jiyoung respondeu antes que ele pudesse mudar de assunto ou tirá-la dali:

— Ah, sra. Jung. Para falar a verdade, minha pobre Jiyoung fica exausta todo feriado!

O tempo parou na sala. Era como se de repente eles se vissem sentados no topo de um enorme iceberg. Suhyun finalmente rompeu o silêncio, deixando escapar um suspiro longo e gélido que se dissolveu no ar.

— Ji, precisamos trocar a fralda de Jiwon, não é?

Daehyun pegou Jiyoung pela mão, mas ela a afastou com um tapa.

— Jung *seobaaang*! A culpa é sua também! Você passa todos os feriados em Busan e só dá um pulo rápido em casa para comer. Tente vir antes desta vez — disse ela, dando uma piscadela com o olho direito.

Naquele momento, o filho de seis anos de Suhyun caiu do sofá enquanto brincava com o irmão mais novo. Ele começou a uivar de dor, mas ninguém se mobilizou para acudi-lo. Ele olhou para os adultos sentados ali, boquiabertos, e parou de chorar por conta própria.

— Que loucura é essa? — vociferou o pai de Daehyun. — É assim que você se comporta com os idosos? Daehyun, Suhyun e todos da nossa família só se reúnem algumas vezes por ano. Passar um tempo com a família é digno de reclamação?

— Pai, não foi isso que ela falou. — Daehyun tentou explicar, mas não sabia como começar.

— Sr. Jung, com todo o respeito, eu preciso me manifestar — disse Jiyoung em um tom calmo, puxando Daehyun para o lado. — Como o senhor sabe, os feriados são um tempo para as famílias se reunirem. Mas não apenas a sua. A minha também. Todos estão tão ocupados hoje em dia e é difícil para os meus filhos se reunirem também, a não ser nos feriados. O senhor deveria pelo menos deixar nossa filha vir para casa quando a sua vem visitá-lo.

No fim, Daehyun teve de cobrir a boca de Jiyoung com a mão e arrastá-la de lá.

— Ela não está bem, pai. Vocês precisam acreditar em mim, mãe, pai. Suhyun também. Ela não está bem ultimamente. Depois eu explico tudo.

Daehyun colocou a esposa e a filha no carro tão rapidamente que elas nem tiveram tempo de abotoar os casacos. Dentro do veículo, Daehyun encostou a cabeça no volante, esgotado. Enquanto isso, Jiyoung cantava para a filha como se nada tivesse acontecido. Os pais dele nem saíram para se despedir. Apenas Suhyun apareceu carregando a bagagem do irmão e colocou-a no porta-malas.

— Jiyoung está certa — disse Suhyun. — Não temos pensado nela. Não briguem ou discutam por isso. Não fique bravo. Só diga que você agradece por tudo o que ela faz e peça desculpas. Entendeu?

— Estou indo agora. Fale com o papai por mim.

Daehyun não estava bravo — estava confuso, triste e assustado.

Daehyun foi sozinho ao psiquiatra para falar sobre os sintomas de Jiyoung e as opções de tratamento. Ele disse à esposa, que não parecia estar ciente de sua condição, que tinha marcado uma sessão de terapia para ela uma vez que não estava dormindo bem e parecia estressada. Jiyoung agradeceu, dizendo que andava mesmo se sentindo triste e irritada, e que suspeitava ser depressão pós-parto.

Infância, 1982-1994

Kim Jiyoung nasceu no dia 1º de abril de 1982 em uma clínica obstétrica em Seul. Media 50 centímetros e pesava 2,9 quilos. Nessa época, seu pai era funcionário público, e sua mãe, dona de casa. A irmã de Jiyoung nascera dois anos antes e o irmão cinco anos depois. Em uma casa de cerca de 35 metros quadrados com dois quartos, uma sala e um banheiro, Jiyoung vivia com a avó, os pais e os dois irmãos.

A primeira lembrança que Jiyoung tem da infância é de esconder o leite em pó do irmão. Ela devia ter seis ou sete anos. Era só leite em pó, mas era tão saboroso que Jiyoung se sentava ao lado da mãe quando ela estava preparando a mamadeira para o irmão, lambia o dedo e o passava no pozinho que caía no chão. A mãe às vezes inclinava a cabeça de Jiyoung para trás, pedia que ela abrisse a boca e despejava uma colherada daquele pó rico, doce e com um toque de nozes. O leite em pó se misturava à saliva, formando uma massa grudenta, e ficava macio como caramelo antes de deslizar pela garganta, deixando uma sensação estranha na boca que não era nem seca nem amarga.

Koh Boonsoon, a avó que morava com eles, detestava a ideia de Jiyoung comer o leite em pó do irmão. Quando flagrava a neta pegando uma colherada, ela batia na nuca da menina com tanta força que o pó explodia pela boca e pelo nariz. Kim Eunyoung, irmã mais velha de Jiyoung, nunca mais comeu o leite em pó depois que foi advertida pela avó.

— Você não gosta do leite em pó?

— Gosto.

— Então por que nunca come?

— Ele fede.

— O quê?

— Eu não quero aquele leite em pó fedido. De jeito nenhum.

Jiyoung não entendia o que ela queria dizer com aquilo, mas sabia como ela se sentia. A avó não as repreendia apenas porque as duas eram muito velhas para o leite em pó ou porque tinha medo de que não sobrasse o suficiente para o bebê. A combinação de tom de voz, expressão, inclinação da cabeça, posição dos ombros e respiração enviava uma mensagem que era difícil de resumir em uma frase, mas, se Jiyoung tentasse, seria algo assim: *Como você ousa pegar uma coisa que pertence ao meu precioso neto?* O neto e as coisas do neto eram valiosas e deviam ser bem-cuidadas. Ela não deixava que qualquer um tocasse nelas, e Jiyoung ficava abaixo desse "qualquer um". Eunyoung provavelmente tinha a mesma impressão.

Era bem estabelecido que o arroz fresco deveria ser servido na ordem pai, irmão e avó e que pedaços perfeitos de tofu e bolinhos eram do irmão, enquanto as garotas deveriam comer os que se despedaçavam. O irmão tinha pauzinhos, meias, ceroulas e mochila e lancheira que combinavam, enquanto as garotas se contentavam com o que houvesse de disponível. Se havia dois guarda-chuvas, as garotas dividiam. Se havia dois cobertores, as garotas dividiam. Se havia dois doces, as garotas dividiam. Na infância, não ocorreu a Jiyoung que o irmão estivesse recebendo tratamento especial, portanto ela nem tinha ciúme. Sempre fora assim. Às vezes ela achava que alguma situação não era justa, mas estava acostumada a racionalizar as coisas, dizia a si mesma que era uma irmã mais velha generosa e que dividia tudo com a irmã porque as duas eram meninas. A mãe de Jiyoung as elogiava por cuidarem bem do irmão e por não competirem pelo amor dela. Jiyoung pensava que devia ser pela grande diferença de idade. Quanto mais a mãe a elogiava, mais difícil era reclamar.

O pai de Jiyoung era o terceiro de quatro irmãos. O mais velho morreu em um acidente de carro antes de se casar e o segundo emigrou bem jovem para os Estados Unidos e se estabeleceu por lá. O irmão mais novo e o pai de Jiyoung tiveram uma discussão acalorada sobre a herança e os cuidados com a mãe, e os dois acabaram rompendo os laços.

Os quatro irmãos nasceram e foram criados em uma época na qual a própria sobrevivência era uma luta. Enquanto as pessoas morriam — tanto jovens quanto velhos — devido a guerra, doença e fome, Koh Boonsoon cultivava os campos de outras pessoas, vendia mercadorias de outras pessoas, fazia o trabalho doméstico de outras pessoas e ainda conseguia cuidar da própria casa, lutando com unhas e dentes para criar os quatro meninos. O marido, um homem de pele clara e mãos macias, nunca trabalhou. Koh Boonsoon não se ressentia do marido por não ter a capacidade ou a vontade de sustentar a família. Ela acreditava piamente que ele era um marido decente por não se deitar com outras mulheres e não bater nela. Dos quatro filhos que criou assim, o pai de Jiyoung foi o único que cuidou da mãe quando ela envelheceu. Desprezada pelos outros, Koh Boonsoon aceitou a triste ingratidão com uma lógica incoerente: "Ainda assim, como a comida quente que meu filho preparou para mim e durmo sob as cobertas quentes que meu filho arrumou para mim porque tive quatro filhos. É preciso ter pelo menos quatro filhos."

Oh Misook, a esposa do filho, era quem preparava a comida quente e estendia as cobertas quentes para ela, não o filho, mas Koh Boonsoon costumava dizer isso assim mesmo. Considerando a vida que tinha levado e relativamente carinhosa com a nora, comparada a outras sogras de sua geração, ela dizia do fundo do coração, pelo bem da nora:

— Você deveria ter um filho. Você precisa ter um filho. Você precisa ter pelo menos dois filhos...

Quando Kim Eunyoung nasceu, Oh Misook segurou a criança nos braços e chorou.

— Sinto muito, mãe — disse, de cabeça baixa.

Koh Boonsoon respondeu à nora, com carinho:

— Tudo bem. O segundo vai ser um menino.

Quando Kim Jiyoung nasceu, Oh Misook segurou a criança nos braços e chorou.

— Sinto muito, garotinha — disse, de cabeça baixa.

Koh Boonsoon repetiu com carinho:

— Tudo bem. O terceiro vai ser um menino.

Oh Misook ficou grávida pela terceira vez menos de um ano depois de Jiyoung nascer. Certa noite, ela sonhou que um tigre do tamanho de uma casa havia derrubado a porta da frente e pulado em seu colo. Estava certa de que era um menino. Mas a velha obstetra que trouxe Eunyoung e Jiyoung ao mundo examinou seu abdome várias vezes com um olhar sombrio e comentou, com cautela:

— A bebê é tão, tão... linda. Como as irmãs...

De volta a casa, Oh Misook chorou e chorou e vomitou tudo o que tinha comido naquele dia. Koh Boonsoon ouviu a nora no banheiro e deu os parabéns pela porta.

— Seus enjoos matinais estão terríveis desta vez! Você não ficou enjoada nem uma vez quando estava grávida de Eunyoung e Jiyoung. Este bebê deve ser diferente.

Relutante em sair do banheiro, Oh Misook se trancou lá para chorar e vomitar mais um pouco. Naquela noite, depois que as garotas tinham ido dormir, Oh Misook perguntou ao marido, que se revirava na cama:

— E se... e se for mais uma menina? O que você faria, papai?

Ela esperava ouvir *Como assim, o que eu faria? Menino ou menina, vamos criar com amor*. Mas não houve resposta.

— Hein? — insistiu. — O que você faria, papai?

Ele se virou para a parede e disse:

— Fique quieta e durma. Não dê ideias ao diabo.

Oh Misook chorou a noite toda no travesseiro, mordendo o lábio inferior para não fazer barulho. A manhã chegou e encontrou seu travesseiro ensopado e seu lábio tão inchado que ela não conseguia parar de babar.

Nessa época, o governo já tinha implementado uma política de controle de natalidade chamada "planejamento familiar" para manter o crescimento populacional sob controle. Por isso, o aborto em razão de problemas médicos era legal havia dez anos. Verificar o sexo e abortar as meninas era prática comum, como se elas fossem um problema médico.[1] Isso continuou ao longo da década de 1980 e no início da de 1990, o ápice do desequilíbrio entre homens e mulheres, quando a proporção para o terceiro filho ou mais passou a ser de mais de dois para uma.[2] Oh Misook foi até a clínica sozinha e "apagou" a irmã mais nova de Jiyoung. Nada daquilo foi sua culpa, mas a responsabilidade recaiu sobre ela, e ninguém da família ficou por perto para consolá-la durante a dor física e emocional angustiante. A médica segurou a mão de Oh Misook enquanto ela uivava como um animal que tinha perdido seu filhote para uma fera.

— Sinto muito por sua perda. — disse ela.

Graças às palavras da velha médica, Oh Misook conseguiu manter a cabeça no lugar.

Passaram-se anos até que Oh Misook engravidasse de novo, e o menino veio ao mundo com segurança. Aquele menino é o irmão cinco anos mais novo que Jiyoung.

Como funcionário público, o pai de Jiyoung tinha um emprego e uma renda estáveis. Mas certamente era um de-

[1] PARK, Jaehyun. *Statistical Family* [Família estatística]. Mati Books, 2015, p. 57-58; CHEON, Gwanyul. Roots of misogyny? [Origens da misoginia?] *Sisa In Magazine*, set. 2015.

[2] STATISTICS KOREA. *Sex Ratio at Birth by Birth Order* [Razão sexual ao nascer por ordem de nascimento].

safio manter uma família de seis pessoas com o salário de baixo escalão. Conforme as três crianças cresciam, o apartamento de dois quartos começou a ficar apertado e a mãe de Jiyoung quis se mudar para um lugar maior onde as garotas, que dormiam com a avó na época, pudessem ter um quarto só delas.

A mãe não saía para o emprego como o pai fazia, mas estava sempre realizando trabalhos estranhos que lhe permitiam ganhar algum dinheiro enquanto dava conta das tarefas domésticas e cuidava dos três filhos e da sogra idosa. Isso era comum entre as mães da vizinhança, que estavam mais ou menos na mesma situação. Houve um *boom* de trabalhos para donas de casa, todos com o rótulo *ajumma*, ou mulheres casadas de meia-idade: seguro *ajumma*, leite e Yakult *ajumma*, cosméticos *ajumma* e assim por diante. A maioria das empresas terceirizava as contratações, deixando as trabalhadoras à própria sorte se houvesse disputas ou acidentes de trabalho.[3] Com três filhos, a mãe escolheu serviços que pudesse fazer em casa. Tirar pontos, montar caixas de papelão, dobrar envelopes, descascar alho e enrolar veda-frestas eram apenas alguns da lista interminável de serviços disponíveis. Jiyoung ajudava a mãe, geralmente com a faxina após o trabalho ou contando as unidades.

---

3 KIM, Sihyung. *Work Unrecorded* [Trabalho não registrado]. Samchang, 2016, p. 21-29.

O trabalho mais difícil era o de enrolar veda-frestas. Eram pedaços compridos e estreitos de um material esponjoso, com cola adesiva protegida por um filme em um dos lados. A mãe tinha de enrolar as fitas duas a duas e colocá-las em uma embalagem plástica pequena. Ela segurava cada fita levemente entre o polegar e o indicador da mão esquerda, para mantê-la no lugar, e enrolava com a direita. Puxando e enrolando as fitas, com frequência cortava o dedo no filme que protegia a cola. Usava duas camadas de luvas para o trabalho, mas o dedo sangrava mesmo assim. O material ocupava muito espaço, o trabalho produzia uma grande quantidade de descarte e o cheiro da esponja e da cola dava dor de cabeça, mas era o serviço que pagava melhor. A mãe pegava cada vez mais fitas, e trabalhava mais horas também.

O pai com frequência chegava do trabalho e encontrava a mulher ainda enrolando veda-frestas. Jiyoung e Eunyoung, que estavam na escola primária na época, ficavam sentadas na sala, algumas vezes à toa e outras fazendo o dever de casa ou ajudando a mãe, enquanto o irmãozinho se divertia rasgando pedaços da esponja e da embalagem plástica. Nos dias em que ela tinha muito trabalho, a família empurrava a ilha de veda-frestas para o lado e jantava ali mesmo.

Um dia, ao chegar do escritório mais tarde que o habitual, o pai encontrou as crianças ainda rolando em meio aos veda-frestas e reclamou pela primeira vez:

— Você precisa mesmo deixar essa coisa fedida e empoeirada perto das crianças?

As mãos e os ombros ocupados da mulher pararam de repente. Ela se arrastou pelo chão, guardando as fitas já embaladas em caixas, o marido se ajoelhou para ajudá-la a colocar esponjas e pedaços de papel em um saco plástico grande.

— Eu queria poder dar uma vida mais fácil a você. Me desculpe — disse, deixando escapar um suspiro pesado. Uma sombra enorme pareceu crescer sobre ele e então dissipar-se.

A mãe então se levantou, fez uma pilha de caixas mais alta que ela na sala e começou a varrer o chão ao redor do marido.

— Você não está me dando uma vida difícil, papai — disse. — Estamos trabalhando duro juntos. Então pare de sentir pena de si mesmo como se nossa casa fosse somente sua responsabilidade. Ninguém está pedindo isso e, sinceramente, você não está fazendo isso sozinho — retrucou a mãe de maneira fria. No entanto, ela largou o trabalho. O motorista da van que entregava as fitas lamentou ao saber. Ela era a trabalhadora mais rápida e eficiente.

— Melhor assim — comentou o motorista. — Seu talento é bom demais para ser desperdiçado com veda-frestas. Você deveria trabalhar com artesanato. Acho que seria boa nisso.

Ela se despediu dizendo que era velha demais para aprender coisas novas. Tinha trinta e cinco anos. Porém, as palavras do motorista pareceram impressioná-la, pois ela se matriculou em um curso e deixou a jovem Eunyoung responsável pela ainda mais jovem Jiyoung e o filho mais novo aos cuidados da avó. Não era artesanato, mas cabeleireiro. Ela nem se incomodou com licenças.

— Não é preciso licença para cortar cabelo — argumentou.

Assim que aprendeu algumas técnicas simples, como cortar cabelo e fazer permanente, começou a atender crianças e idosos da vizinhança por um preço baixo.

A notícia se espalhou. A mãe era mesmo talentosa e tinha um tino natural até então desconhecido para os negócios. Depois do permanente, as senhoras ganhavam uma maquiagem simples com delineador e batom. Ela também oferecia um corte rápido para o irmão mais novo ou a mãe depois de cortar o cabelo de uma criança. Descobriu quais produtos eram usados no salão do bairro e passou a comprar um produto um pouco mais caro de propósito.

Lia o rótulo das embalagens para as senhoras, destacando cada palavra:

— Viu só? Novo. Sem. Irritação. Fórmula. Com. Extrato. De. Ginseng. Nunca comi ginseng na vida, mas estou tratando seu cabelo com ele!

A mãe guardava cada centavo que ganhava e não pagava nenhum imposto. A dona do salão do bairro tentou arrancar uma mecha do cabelo dela por ter roubado suas clientes, mas a mãe era uma residente nativa com uma boa reputação — as clientes ficaram do lado dela. Depois, a clientela acabou se dividindo naturalmente, e o salão e a mãe puderam manter seus negócios sem que um atrapalhasse o outro.

Oh Misook, mãe de Jiyoung, é a quarta de cinco filhos: dois meninos, duas meninas e um menino, nessa ordem. Todos os cinco cresceram e saíram de casa. A família cultivava arroz e viveu bem por gerações, mas o mundo estava mudando. Tradicionalmente agrícola, a Coreia estava se industrializando rapidamente. A família não conseguia mais se sustentar só com a colheita. O pai mandou os filhos para a cidade, como a maioria dos pais das áreas rurais fazia na época. Mas ele não tinha como arcar com os estudos e o treinamento que levaria às respectivas escolhas de carreira dos cinco. Na cidade, o aluguel e os custos de vida eram altos, e a mensalidade, algo ainda mais difícil de pagar.

Oh Misook terminou o ensino fundamental e ajudava em casa e nos arrozais. Ela se mudou para Seul no ano em que completou quinze anos. A irmã, dois anos mais velha, trabalhava em uma fábrica têxtil em Cheonggyecheon. Oh Misook conseguiu um emprego na mesma fábrica e se mudou para um dormitório que mais parecia um galinheiro, compartilhado entre as duas irmãs e outras duas garotas. As funcionárias da fábrica tinham todas mais ou menos a mesma idade, nível de educação, origem familiar e assim por diante. As jovens trabalhavam sem sono, descanso ou alimentação adequados, acreditando que era isso que o trabalho exigia. O calor das máquinas têxteis era suficiente para levar uma pessoa à loucura, e subir a barra da saia do uniforme, que já era curta, não ajudava — o suor pingava dos cotovelos e escorria pelas coxas. Muitas tinham problemas respiratórios por causa das colunas de pó que às vezes obscureciam sua visão. Os salários inacreditavelmente parcos em troca do trabalho ininterrupto, movido por pílulas de cafeína que causavam icterícia, eram destinados a pagar os estudos dos irmãos homens. Naquela época as pessoas acreditavam que era responsabilidade dos filhos homens levar honra e prosperidade para a família e que a prosperidade e a felicidade da família dependiam do sucesso deles. As filhas sustentavam os irmãos homens com prazer.[4]

O irmão mais velho de Oh Misook estudava medicina em uma universidade federal nos arredores de Seul

---

[4] PARK, Jaehyun. *Statistical Family* [Família estatística]. Mati Books, 2015, p. 61.

e trabalhou no hospital universitário de sua *alma mater* por toda sua carreira. O segundo irmão mais velho era chefe de polícia quando se aposentou. Oh Misook tinha orgulho dos irmãos honestos, trabalhadores e inteligentes e considerava gratificante sustentá-los. Quando os irmãos mais velhos, de quem ela se orgulhava tanto que se gabava deles para as amigas da fábrica, passaram a conseguir se sustentar, o irmão mais novo começou a estudar. Ele frequentou uma faculdade de treinamento de professores em Seul graças à ajuda deles, e o mais velho foi louvado por ser o primogênito responsável que levou honra e amparo à família por meio do próprio sucesso. Oh Misook e a irmã só então perceberam que a vez delas não iria chegar. Sua família amorosa não lhes daria a oportunidade e o apoio para que se realizassem profissionalmente. As duas matricularam-se tardiamente na escola afiliada à empresa. Trabalhavam durante o dia e estudavam à noite para concluir o ensino fundamental. Oh Misook estudou por conta própria para conseguir o certificado de conclusão do ensino médio e recebeu o diploma no mesmo ano em que o irmão mais novo se tornou professor desse segmento de ensino.

Quando Jiyoung cursava o ensino fundamental, sua mãe estava lendo o comentário que a professora tinha escrito em sua agenda e disse:

— Eu também queria ser professora.

Jiyoung caiu na gargalhada. Ela achou a ideia absurda porque até então acreditava que as mães só podiam ser mães.

— É verdade. No ensino fundamental, eu tirava as melhores notas de todos os cinco irmãos. Era melhor do que seu tio mais velho.

— Então por que não virou professora?

— Tive de trabalhar para pagar os estudos dos meus irmãos. Era assim com todas. Todas as mulheres viviam assim na época.

— Por que não vira professora agora?

— Agora tenho de trabalhar para pagar os estudos de vocês. É assim com todas. Todas as mães vivem assim hoje em dia.

Suas escolhas de vida, ser mãe de Kim Jiyoung… Oh Misook estava começando a se arrepender. Jiyoung se sentiu como uma pedra — pequena, mas pesada e sólida — segurando a cauda comprida da saia da mãe. Isso a deixou triste. A mãe percebeu e passou a mão com carinho nos cabelos despenteados da filha.

Durante o ensino fundamental, Jiyoung frequentava uma escola grande que ficava a vinte minutos a pé seguindo por vielas sinuosas. Cada série tinha entre onze e quinze turmas, com cinquenta alunos em cada. Antes de Jiyoung entrar, a escola tinha sido obrigada a separar as primeiras séries entre manhã e tarde para acomodar todo mundo.

Aquela foi a primeira experiência social de Jiyoung, uma vez que ela não frequentou o jardim de infância, e no geral ela se saiu bem. Após um período de adaptação, Eunyoung ficou responsável por levar Jiyoung à escola. Eunyoung conferia o cronograma todas as manhãs e guardava os livros, os cadernos e a agenda da irmã, além de encher o estojo de princesa-fada com uma borracha e quatro lápis que não estivessem nem apontados demais nem sem ponta. Nos dias em que Jiyoung precisava de materiais extras, Eunyoung pedia dinheiro à mãe e comprava os itens na papelaria ao lado do portão da escola. Jiyoung ia e voltava sem desviar do caminho, ficava sentada em sua carteira durante a aula e não fazia xixi na calça. Ela anotava os avisos diários na agenda e às vezes tirava nota máxima nos testes de ditado.

O primeiro obstáculo de sua vida escolar foram as "brincadeiras do colega de carteira" que muitas garotas vivenciavam. Para Jiyoung, parecia mais assédio ou violência, e não havia nada que ela pudesse fazer além de chorar para a mãe e Eunyoung. Elas não ajudavam muito. Eunyoung dizia que os meninos eram imaturos e que Jiyoung deveria ignorá-los, e a mãe repreendia Jiyoung por chorar e reclamar de um colega que só estava provocando porque queria brincar.

Um dia, o colega começou a bater nela. Na hora de sentar, na fila, ao pegar a mochila, ele batia no ombro dela como se fosse um acidente. Ao vê-la caminhar pelo corredor, ele entrava no caminho dela e se chocava com força contra seu braço. Pegava sua borracha, seu lápis ou sua régua e não devolvia. Quando ela pedia de volta, ele jogava o objeto no outro lado da sala, se sentava em cima ou jurava que não tinha pegado. Quando ela parou de lhe emprestar as coisas, ele começou a tirar sarro do modo como ela se vestia e das palavras que falava errado e a esconder sua mochila e seus sapatos tão bem que ela demorava um tempão para encontrar.

Certo dia, no início do verão, Jiyoung tirou os sapatos durante a aula para refrescar os pés suados quando o colega de repente chutou um dos calçados com força. O objeto saiu voando pelo corredor até o tablado na frente da sala. As crianças caíram na gargalhada, e a professora ficou vermelha de indignação.

— De quem é este sapato? — gritou a professora, batendo com o punho cerrado na mesa.

Jiyoung não conseguiu falar. Estava com medo e, embora fosse seu sapato, esperava que o colega que o chutara se denunciasse. Mas ele também devia estar com medo, pois manteve a cabeça baixada.

— E então? Fale! Ou eu vou ter de verificar os sapatos de todos?

Jiyoung cutucou o colega com o cotovelo e sussurrou:

— Foi você.

Ele baixou ainda mais a cabeça e disse:

— Não é *meu* sapato.

A professora bateu na mesa mais uma vez, e Jiyoung teve de levantar a mão. Ela se apresentou na frente da turma e foi repreendida. Era uma mentirosa covarde por não ter respondido na primeira vez em que a professora perguntou de quem era o sapato e uma ladra por ter roubado o tempo valioso de aula dos colegas. Jiyoung chorava tanto, lágrimas e ranho escorriam por todo o rosto, que não conseguiu nem se defender. Foi então que alguém disse bem baixinho:

— Não foi Jiyoung.

Era a garota que se sentava lá no fundo, do outro lado do corredor.

— O sapato é dela, mas não foi ela quem chutou. Eu vi.

A professora, confusa, perguntou:

— Como assim? Então quem foi?

A garota pareceu ter medo de entregá-lo, mas olhou para a nuca do menino em silêncio. A professora e a turma inteira encararam o colega de Jiyoung, e ele finalmente confessou. A professora repreendeu o colega duas vezes mais alto e por mais tempo do que quando fez com Jiyoung. Também estava com o rosto duas vezes mais vermelho.

— Você tem provocado Jiyoung, não é? Você acha que não tenho observado? Quando for para casa hoje, escreva tudo o que já fez para atormentá-la e traga amanhã. Eu sei de tudo, então nem pense em deixar nada de fora. Escreva com a sua mãe e peça a ela que assine!

O colega foi para casa abatido, suspirando.

— Minha mãe vai me matar.

A professora pediu a Jiyoung que aguardasse depois da aula.

Jiyoung ficou nervosa, pois esperava outra bronca, mas, para sua surpresa, a professora se sentou diante dela e lhe pediu desculpas. Desculpou-se por repreender Jiyoung antes de saber exatamente o que tinha acontecido e por achar que o sapato pertencia à pessoa que o tinha chutado. Disse que foi imprudente tirar conclusões precipitadas e que tomaria mais cuidado no futuro. O coração de Jiyoung derreteu com as palavras da professora e com a promessa de evitar que esse incidente voltasse a acontecer. Quando a professora perguntou se Jiyoung queria dizer alguma coisa, ela respondeu em meio a um ataque de lágrimas e soluços:

— Por favor *(soluço soluço)*, me coloque *(soluço soluço)* com outro colega. Eu nunca *(soluço soluço)*, nunca mais quero me sentar *(soluço soluço)* com ele *(SOLUÇO SOLUÇO)*, nunca mais.

A professora deu um tapinha nas costas da menina.

— Sabe de uma coisa, Jiyoung? Deixe-me contar uma coisa que sei há algum tempo e que você não percebeu: ele gosta de você.

Jiyoung ficou tão horrorizada que parou de chorar.

— Ele me odeia — retrucou. — Achei que você tinha dito que via como ele me trata.

— Meninos são assim. — A professora riu. — São mais malvados com as garotas de quem gostam. Vou ter uma conversa com ele. Por que você não aproveita esse incidente como uma oportunidade de ficar amiga dele, em vez de trocar de carteira e manter uma situação hostil?

Ele gosta de mim? Ele me provoca porque gosta de mim? Jiyoung ficou confusa. Pensou em quanto tinha sofrido por causa dele e ainda assim não conseguiu entender o que a professora estava dizendo. Quando gostamos de uma pessoa, somos mais amigáveis e mais agradáveis com ela. Com amigos, com a família, com cães e gatos de estimação. Mesmo aos oito anos, isso era senso comum para Jiyoung. As provocações do colega tornavam a vida escolar muito difícil para ela. O que ele a fazia passar já era ruim, e agora parecia que ela era a criança má que não entendia o colega.

Jiyoung balançou a cabeça.

— Não, senhora. Eu não quero isso, de verdade.

No dia seguinte, a turma foi reorganizada. O novo colega com quem Jiyoung compartilharia a mesa era um garoto que sempre se sentava no fundo, sozinho, porque era o mais alto da turma, e eles não brigaram nem uma vez.

Ao começar a terceira série, Jiyoung passou a almoçar na escola duas vezes por semana. Era uma tortura para ela, pois comia devagar. A escola de Jiyoung foi piloto de um programa de merenda escolar, a pioneira na região a preparar a comida no local e servir no refeitório. Na hora do almoço, os alunos marchavam em fila única até o refeitório na ordem que lhes fora atribuída e tinham de comer rápido para dar lugar à próxima turma.

Enquanto os alunos que já tinham terminado corriam pelo pátio como cavalos selvagens, Jiyoung enfiava na boca uma grande colherada de arroz por vez. A professora não gostava que comessem pequenas porções ou que não raspassem o que havia na bandeja. Cinco minutos antes de a hora do almoço terminar, a professora começava a bater nas bandejas de metal com uma colher para apressar e punir os alunos por não comerem rápido o suficiente. Sempre que Jiyoung ouvia aquele som, cada colherada que engolia se transformava em uma massa presa na garganta. Os alunos enfiavam a comida na boca e a engoliam com água como se estivessem tomando remédio.

Jiyoung era a número trinta de uma lista de quarenta e nove. Os meninos iam do número um ao vinte e sete, e as meninas, do vinte e oito ao quarenta e nove.

Os números eram atribuídos de acordo com a ordem de aniversários. O de Jiyoung felizmente era em abril, então ela era a trigésima da turma a pegar a comida, mas as garotas que faziam aniversário mais para o fim do ano só conseguiam se sentar quando os alunos dos primeiros números já tinham terminado. Naturalmente, as meninas eram repreendidas com mais frequência por comer devagar.

Então, um dia, a professora estava com um humor terrível. A turma inteira foi castigada porque a lousa não fora limpa bem o suficiente no dia anterior, e uma inspeção de unhas surpresa obrigou Jiyoung a esconder as mãos debaixo da carteira e cortar as unhas rapidamente com uma tesoura. As últimas a terminar o almoço estavam ansiosas tentando, como sempre, comer mais rápido, e a professora, furiosa, bateu na bandeja delas com tanta força que os grãos de arroz saltaram na altura dos olhos das alunas. Algumas caíram no choro com a boca cheia de comida. As meninas que comiam devagar se reuniram no fundo da sala durante a hora da limpeza depois da aula. Marcaram uma reunião trocando gestos, olhares e frases curtas: *Depois da aula hoje. Mercado Youngjin. Tteokbokki da Vovó.*

As queixas se acumularam assim que as alunas se reuniram.

— Ela está descontando alguma coisa na gente. Implicou com a gente o dia todo por nada.

— É mesmo.

— Como podemos comer com alguém fazendo pressão, obrigando a gente a comer, comer, comer?

— A gente não está comendo devagar de propósito nem brincando com a comida. A gente só come devagar! Não é culpa nossa.

Jiyoung compartilhava a frustração. O que a professora estava fazendo era errado. Ela não conseguia dizer exatamente o que havia de errado na situação, mas sabia que era injusta. Jiyoung teve dificuldade de expressar suas queixas porque não costumava verbalizar seus pensamentos. Apenas assentia ao ouvir os protestos, quando Yuna, que estava quieta até então, falou:

— É injusto. Comer naquela ordem toda vez — explicou Yuna com calma. — É isso que é injusto. Devemos sugerir que a ordem mude de vez em quando.

Sugerir à professora? Por acaso é permitido pedirmos algo assim à professora? perguntou-se Jiyoung brevemente, mas achou que Yuna seria capaz disso. Yuna ia bem na escola, e sua mãe era chefe do conselho. Durante o horário reservado para a conversa da turma, sexta-feira, Yuna levantou a mão e deu a ideia.

— Gostaria de sugerir alteração da ordem em que almoçamos.

Yuna manteve os olhos fixos na professora e argumentou com calma e clareza: pegar a comida na ordem que tinham recebido significava que os alunos com os últimos números recebiam a comida depois, então não tinham como evitar terminar de comer também depois. Comer sempre nessa ordem ascendente era injusto com os alunos que ficavam por último. A ordem deveria mudar periodicamente.

A professora manteve um sorriso estampado no rosto, especialmente os cantos da boca, que começavam a tremer. A tensão na sala era palpável. Jiyoung estava com tanto medo por Yuna que suas pernas se sacudiam.

A professora encarou Yuna por um instante, abriu mais o sorriso e disse:

— A partir da próxima semana, vamos comer na ordem inversa. Vamos trocar todo mês.

As garotas que tinham recebido os últimos números comemoraram. A ordem em que entravam no refeitório mudara, mas não a atmosfera nos corredores. A professora ainda não suportava aqueles que comiam devagar, advertia-os com severidade suficiente para que tivessem indigestão e, das seis garotas que se reuniram no Tteokbokki da Vovó naquela tarde, duas continuaram no grupo das que comiam devagar. Mudar a ordem não fez muita diferença para Jiyoung, uma vez que era a número trinta de quarenta e nove, mas por algum motivo ela sentia que ficar para trás seria uma derrota. Então perseverou, conseguiu comer mais rápido e sair do grupo das lentas.

Uma pequena sensação de realização foi a recompensa. Elas tinham enfrentado uma figura de autoridade absoluta e corrigido uma injustiça. Era uma experiência valiosa para Yuna, Jiyoung e as garotas que costumavam ficar por último. Elas desenvolveram confiança e um olhar levemente crítico, mas ainda assim não conseguiam entender por que os meninos eram os primeiros da lista. O número um era um garoto, tudo começava com os garotos, e isso parecia ser o natural, o certo. Os meninos entravam na fila primeiro, os meninos lideravam qualquer caminhada, independentemente do destino aonde estivessem indo, os meninos se apresentavam primeiro, os meninos tinham a lição de casa corrigida enquanto as meninas esperavam por sua vez em silêncio, entediadas, às vezes até aliviadas por não serem as primeiras, mas sem nunca cogitar que se tratava de uma prática estranha. Exatamente como nunca questionamos por que a identidade dos homens começa com o número "1" e a das mulheres com o número "2".

Os monitores das turmas eram escolhidos por eleição direta a partir da quarta série. As eleições aconteciam, uma vez por semestre, e todas as seis vezes, da quarta à sexta série, a turma de Jiyoung elegeu um monitor do sexo masculino. A maioria dos professores escolhia cerca de cinco ou seis garotas inteligentes para realizar pequenas tarefas por eles, corrigir testes e a lição de casa.

Eles tinham o costume de dizer que as meninas são mais inteligentes. Os alunos também achavam que elas eram mais inteligentes, mais maduras e melhores em trabalhos detalhados, mas de alguma forma sempre eram eleitos monitores de turma do sexo masculino. Não só na turma de Jiyoung. Na época, definitivamente havia mais monitores meninos. Logo que Jiyoung entrou no segundo ciclo do ensino fundamental, sua mãe leu um artigo no jornal que achou surpreendente.

— Aqui diz que muitas garotas são monitoras de turma hoje em dia. Mais de 40%![5] Quando vocês crescerem, talvez tenhamos até uma presidente mulher!

Isso significa que menos da metade dos monitores de turma eram meninas na época em que Jiyoung frequentava a escola, e na verdade já era um número considerável, pois partira de uma porcentagem muito menor. Enquanto as garotas eram sempre as Responsáveis pela Sala de Aula, os garotos eram sempre os Responsáveis pelos Esportes, independentemente de se tratar de eleição ou indicação do professor.

Quando Jiyoung estava na quinta série, a família se mudou para um apartamento no terceiro andar de um prédio novo em uma rua movimentada. Três quartos, uma sala e um banheiro. O espaço em que viviam tinha dobrado de tamanho e o nível de conforto aumentado

---

5 GIRLS Can Be School Presidents, Too! [Meninas também podem ser monitoras de turma!], *Hankyoreh News*, 4 maio 1995.

em dez vezes. Era resultado de uma economia rigorosa e de um investimento cuidadoso dos ganhos tanto do pai quanto da mãe. A mãe estudava as taxas de juros e os benefícios de vários planos de investimento e aplicava em planos de previdência privada coletiva, habitação populacional, renda fixa e títulos de pagamento periódico com alguns benefícios especiais. Os maiores retornos vinham de fundos privados coletivos que ela organizava com vizinhos confiáveis. Mas quando os parentes, inclusive a irmã, sugeriam organizar um, ela logo recusava.

— Parentes de sangue que moram longe são os menos confiáveis. Não quero perder dinheiro e me ressentir disso.

A casa anterior era uma mistura esquisita de tradição e modernidade, resultado de anos de reformas parciais. A sala de jantar e estar, que antigamente era um pequeno pátio, não tinha piso aquecido e o que seria o banheiro, perfeitamente azulejado, não continha pia ou banheira, apenas uma torneira na parede. A família precisava encher uma bacia de plástico e pegar a água com uma concha para lavar o rosto, o cabelo e o corpo. O vaso sanitário moderno ficava num espaço apertado separado, perto da porta. O apartamento novo tinha calefação em todos os cômodos e áreas comuns, e o banheiro todo ficava do lado de dentro, então eles não precisariam mais calçar os sapatos para fazer as necessidades quando estivessem em casa.

E as garotas tinham um quarto só para elas. O quarto principal era dos pais e do filho mais novo, o segundo maior, das garotas e o menor, da avó. O pai e a avó sugeriram que as garotas compartilhassem o quarto com a avó e deixassem que o menino tivesse um só para ele, mas a mãe foi firme. Argumentou que a avó era muito velha para compartilhar um quarto com as garotas, que precisava de um espaço só dela para cochilar e ouvir rádio e sutras budistas.

— Para que ele precisa de um quarto? — indagou a mãe. — Não está nem na escola ainda. Vai vir correndo para o nosso com o travesseiro toda noite mesmo. Você quer dormir sozinho ou com a mamãe?

O menino de sete anos insistiu com vigor que nunca, jamais, dormiria sem a mamãe, e que não precisava de um quarto. As garotas ficaram com um só para elas, conforme o plano da mãe. A mãe tinha reservado um dinheiro, sem contar ao pai, para mobiliar o cômodo delas. Colocou dois conjuntos novos de mesa e cadeira perto da janela ensolarada e um armário novo com estante para livros em uma das paredes, e deu a cada uma um jogo de cama novo. Na parede oposta, pendurou um mapa-múndi grande.

— Estão vendo aqui? É Seul. É só um pontinho. Um pontinho. Todos nós moramos nesse pontinho minúsculo e apertado. Talvez vocês não cheguem a conhecer tudo, mas quero que saibam: há um mundo enorme lá fora.

Um ano mais tarde, a avó morreu e o garoto herdou o quarto dela. Mas continuou agarrando o travesseiro e correndo para dormir nos braços da mãe por muitos anos depois disso.

Adolescência, 1995-2000

Kim Jiyoung frequentava uma escola que ficava a quinze minutos a pé de casa. A irmã mais velha, Kim Eunyoung, estudava na mesma instituição, que era só para meninas na época em que ingressara.

Até a década de 1990, o desequilíbrio das taxas de nascimento ainda era um problema sério na Coreia. Em 1982, ano em que Jiyoung nasceu, nasceram 106,8 meninos para cada 100 meninas, e a diferença aumentou gradualmente, alcançando 116,5 meninos para cada 100 meninas em 1990.[6] Acredita-se que a proporção natural de nascimentos fique de 103 a 107 meninos para cada 100 meninas. A quantidade de alunos do sexo masculino já era alta e obviamente estava aumentando, mas não havia escolas suficientes para acomodá-los. Escolas mistas

---

6 STATISTICS KOREA. *Statistical Indicators and Ratios in Demography* [Indicadores estatísticos e taxas demográficas].

já tinham duas vezes mais turmas de meninos do que de meninas, mas o desequilíbrio entre os gêneros era um problema. Além disso, não fazia sentido que os alunos fossem encaminhados a escolas para meninas e escolas para meninos longe de casa sendo que havia instituições de ensino mais próximas. A escola se tornou mista no ano em que Jiyoung passou a frequentá-la, assim como todas as outras da região nos anos seguintes.

Era uma escola típica — simples, decadente, pública. O campo era tão pequeno que a pista de 100 metros precisou ser traçada em uma diagonal, e o reboco das paredes caía com frequência. O código de vestimenta era rígido, principalmente para as meninas. De acordo com Eunyoung, ficara mais rígido quando a escola se tornou mista. A saia tinha de ser comprida o suficiente para cobrir os joelhos e larga o suficiente para esconder os contornos dos quadris e das coxas. Como o tecido fino e branco da camisa de verão era bastante transparente, era obrigatório que usassem uma segunda pele de gola redonda por baixo. Nada de alcinhas, nada de camisetas, nada de cores, nada de rendas, e usar só um sutiã por baixo da camisa era proibido. No verão, as garotas tinham de usar meia-calça com meias brancas e, no inverno, apenas meia-calça preta. Não eram permitidas meias-calças transparentes ou meias. Nada de tênis, apenas sapatos sociais. Usar apenas meia-calça e sapato social no inverno fazia os pés de Jiyoung ficarem tão gelados que a vontade dela era chorar.

Para os meninos, a calça não podia ser justa ou larga demais, mas o resto do traje era praticamente livre. Os meninos usavam segunda pele, camiseta branca e às vezes camiseta preta ou cinza. Quando estava quente, os meninos abriam alguns botões e perambulavam só de camiseta no horário do almoço ou no intervalo das aulas. Podiam usar sapatos sociais, tênis, chuteiras ou tênis de corrida.

Uma vez, uma aluna que foi parada no portão por calçar tênis reclamou que era injusto permitir camisetas e tênis apenas para os meninos. O inspetor explicou que os meninos eram mais ativos fisicamente.

— Os meninos não conseguem ficar dez minutos sentados entre uma aula e outra. Eles correm e jogam futebol, basquete, beisebol ou até *malttukbakgi*. Não podemos esperar que crianças assim abotoem a camisa até o pescoço e usem sapato social.

— Você acha que as meninas não praticam esportes porque não querem? Não podemos praticar esportes porque é desconfortável fazer isso de saia, meia-calça e sapato social! Quando estava na escola primária, em todos os intervalos eu saía para brincar de pique, pular amarelinha ou pular corda.

Como punição pela violação do código de vestimenta e pela resposta malcriada, a aluna teve de dar voltas no campo da escola em posição de agachamento. O inspetor mandou que ela segurasse a barra da saia para não mostrar a calcinha, mas a garota se recusou. A calcinha aparecia toda vez que ela dava um passo à frente agachada. O inspetor pediu que ela parasse depois de uma volta.

Outra aluna chamada à coordenação por violação do código de vestimenta perguntou por que ela não segurou a barra da saia.

— Eu queria que o inspetor visse com os próprios olhos quanto essa roupa é desconfortável.

O código de vestimenta oficial não mudou, mas, em algum momento, os professores e inspetores passaram a não repreender meninas que iam de camiseta e tênis.

Havia um exibicionista infame que se mantinha à espreita, próximo ao portão da escola. Era um morador que aparecia no mesmo lugar e no mesmo horário havia anos. Às vezes ele aparecia de manhã cedo no caminho para a escola e fazia os alunos fugirem correndo, horrorizados. Em dias nublados, ele se postava no terreno baldio que dava para as janelas da turma oito, só de meninas. Jiyoung estudava nessa turma na oitava série. Quando as garotas descobriam que estavam naquela sala, elas estremeciam horrorizadas e depois riam sozinhas.

Era início de primavera, e o novo semestre tinha começado havia pouco tempo. A chuva caía antes do amanhecer e uma névoa espessa pairava sobre a cidade por toda a manhã. Depois do terceiro período, durante o intervalo, uma garota que era conhecida como a valentona da turma gritou algo que parecia uma cantada ou uma comemoração pela janela do fundo da sala. Algumas das garotas "menos comportadas" correram até lá e gritaram:

— Senhor exibicionista! Mais um! Mais um!

Elas bateram palmas e morreram de rir. Jiyoung, cuja carteira ficava longe da janela, ficou sentada e esticou o pescoço, mas não conseguiu ver nada. Ficou curiosa, só que era tímida demais para ir e olhar e não tinha coragem de ver o exibicionista com os próprios olhos. Mais tarde, ficou sabendo por uma amiga que se sentava perto da janela que o homem, incentivado pelas garotas, tinha feito o maior show de sua vida.

O tumulto foi imediatamente silenciado quando a porta se abriu e o chefe dos inspetores apareceu.

— Vocês aí! Gritando na janela! Venham até a frente da sala! Todas vocês!

Todas que se sentavam perto da janela foram chamadas. As garotas protestaram — "Só estávamos sentadas em nossas cadeiras, nem gritamos, nem olhamos pela janela" —, mas ele escolheu cinco e levou-as até a coordenação. Elas foram punidas e passaram o quarto período fazendo exercícios e escrevendo pedidos de desculpas. A valentona da turma, que voltou durante o horário do almoço, cuspiu pela janela.

— Que inferno. Foi ele quem tirou a roupa! Os imbecis estão nos punindo em vez de pegar aquele pervertido! O que foi que a gente fez? Por que temos de pedir desculpas? Não fui eu que mostrei minhas partes!

As garotas riram. A valentona cuspiu pela janela mais algumas vezes, ainda furiosa.

As cinco garotas levadas à coordenação, que costumavam chegar atrasadas à escola, passaram a chegar antes de todos e a dormir durante todas as aulas da manhã. Parecia que estavam tramando alguma coisa, mas não estavam causando nenhum problema aparente, então os professores as deixavam em paz. Foi quando aconteceu. Como inimigos se encontrando em uma ponte, a valentona encontrou o exibicionista em um beco, de manhã bem cedinho, e as quatro escondidas atrás dela o atacaram com cordas de varal e cintos, o amarraram e o arrastaram até uma delegacia próxima dali. Ninguém sabe o que aconteceu na delegacia ou com o exibicionista. Mas ele sumiu para sempre, embora as cinco garotas tenham sido suspensas. Por uma semana, não puderam assistir às aulas; escreveram pedidos de desculpas na Sala da Disciplina que ficava ao lado da coordenação, limparam o campo e os banheiros e nunca falaram sobre o que aconteceu.

Às vezes, os professores davam-lhes cascudos quando passavam.

— Vocês deveriam ter vergonha. São uma desgraça para a nossa escola.

A valentona sussurrava "filho da puta" quando o professor se afastava e cuspia pela janela.

Jiyoung ficou menstruada pela primeira vez na oitava série. Não era cedo nem tarde. Com a irmã mais velha também tinha acontecido nessa idade e, como as duas tinham tipo físico, dieta e taxa de crescimento parecidos (as roupas de segunda mão que ela recebia vinham em intervalos regulares e serviam perfeitamente), Jiyoung teve a impressão de que o momento estava chegando. Com calma, colocou um dos absorventes azul-celeste da primeira gaveta de Eunyoung e disse à irmã que tinha menstruado.

— Argh, seus dias felizes acabaram — disse Eunyoung.

Jiyoung não sabia se deveria contar ao restante da família e, se sim, o que dizer a eles. A irmã deu a notícia à mãe em nome dela. E foi isso. O pai disse que chegaria tarde, não havia arroz suficiente para todos, e a mãe e os três irmãos concordaram em preparar três pacotes de lámen para compartilhar e terminar com o arroz. Assim que uma panela grande e quatro tigelas foram colocadas na mesa de jantar, o irmão mais novo se serviu de uma grande porção.

— Ei! Deixe um pouco para nós! — Eunyoung deu-lhe um cascudo. — E a mamãe deve se servir primeiro, não você.

Eunyoung encheu a tigela da mãe de macarrão, sopa e um ovo e esvaziou metade da tigela do irmão. A mãe então deu seu macarrão para o filho.

— Mãe! — gritou Eunyoung. — Só coma! Da próxima vez vamos preparar o lámen em panelas individuais e cada um vai ficar com a sua!

— Desde quando você se importa tanto comigo? Por que está tão preocupada com o lámen? E quem vai lavar todas essas panelas? Você?

— Sim, eu. Eu lavo e limpo muito aqui em casa. Guardo as roupas quando estão secas... Jiyoung ajuda também. Só tem uma pessoa debaixo deste teto que nunca levanta um dedo.

Eunyoung olhou fixamente para o irmão, e a mãe acariciou a cabeça do filho.

— Ele ainda é um bebê.

— Não, não é! Eu cuido da mochila, do material escolar e da lição de casa de Jiyoung desde os dez anos. Quando tínhamos a idade dele, limpávamos o chão, pendurávamos a roupa, preparávamos o lámen e fritávamos ovos sozinhas.

— Ele é o mais novo!

— Você quer dizer que ele é o filho homem!

Eunyoung largou os pauzinhos com força e foi para o quarto pisando duro. A mãe suspirou à porta fechada com uma expressão dúbia, e Jiyoung pensou que o macarrão ia ficar mole, mas não ousou comer.

— Se a vovó estivesse viva, ela teria dado uma bronca em Eunyoung. Uma garota batendo na cabeça de um homem!

O mais novo comeu o lámen e resmungou. Jiyoung deu-lhe mais um cascudo. A mãe não tentou consolar Eunyoung nem ficou brava, mas serviu mais uma concha de lámen na tigela de Jiyoung.

— Coma bastante comida quente. E vista roupas quentes também.

Uma das amigas de Jiyoung recebeu um buquê de flores do pai quando menstruou pela primeira vez; outra ganhou uma festa completa, com bolo, em família. Mas para a maioria das garotas era um segredo compartilhado apenas entre mães e filhas. Um segredo irritante, doloroso e às vezes vergonhoso. Não era diferente na família de Jiyoung. A mãe evitava falar do assunto, como se algo que não deveria ser pronunciado em voz alta tivesse acontecido, enquanto oferecia lámen.

Desconfortável e ansiosa, Jiyoung ficou acordada, deitada ao lado da irmã naquela noite e analisou com calma tudo que tinha acontecido. Ela pensou sobre menstruação e lámen. Sobre lámen e filhos homens. Filhos e filhas. Filhos e filhas e tarefas. Alguns dias depois, ganhou um presente da irmã: uma bolsinha de pano do tamanho da palma de sua mão com seis absorventes comuns.

Absorventes de gel e com abas só se popularizaram alguns anos mais tarde. Os absorventes, embalados separadamente em plásticos pretos para que ficassem fora da vista na loja, tinham um adesivo fraco, o enchimento se acumulava no centro e não absorviam de fato. Jiyoung era cuidadosa, mas o sangue vazava e manchava suas roupas ou os lençóis da cama enquanto ela dormia. Ficava especialmente visível no verão, quando ela usava tecidos mais leves. Jiyoung se arrumava meio dormindo para ir à escola, vagando do banheiro à cozinha e à sala para se lavar, comer e guardar suas coisas, quando a mãe de repente arquejava e a cutucava para avisá-la. Jiyoung então corria para o quarto como se tivesse feito algo terrível e trocava de roupa.

O desconforto era suportável comparado às cólicas. Ela já tinha ouvido a irmã falar disso e estava preparada, mas no segundo dia de menstruação sentiu um fluxo intenso e seios inchados, cintura, abdome, pelve, bumbum e coxas rijos, tensos, doloridos e deslocados. A enfermeira da escola emprestava às garotas uma bolsa de água quente — grande, vermelha, cheia e fedendo a borracha —, mas era como carregar uma placa dizendo que estavam menstruadas. Ela experimentou analgésicos anunciados como eficazes para "dores de cabeça, de dente e cólicas menstruais", que a deixavam tonta e enjoada. Então resolveu aguentar a dor. Também alimentava uma preocupação infundada de que tomar analgésicos por alguns dias todo mês lhe faria mal.

Deitada de bruços no chão para fazer a lição de casa, Jiyoung agarrava o abdome dolorido e repetia para si mesma:

— Eu não entendo. Metade da população mundial passa por isso todo mês. Se uma empresa farmacêutica desenvolvesse um medicamento eficaz específico para cólicas menstruais, não aquele "remédio para dor" que deixa a gente enjoada, ganharia uma fortuna.

A irmã encheu uma garrafa plástica com água quente, enrolou-a em uma toalha e a entregou a ela.

— Você está certa. Em um mundo em que médicos podem tratar o câncer e fazer transplantes de coração, não existe um único remédio para aliviar as cólicas menstruais. — A irmã apontou para a própria barriga. — O mundo quer que nosso útero fique livre de drogas. Como o terreno sagrado de uma floresta virgem.

Jiyoung abraçou a garrafa na barriga e gargalhou, apesar da dor.

No ensino médio, Kim Jiyoung passou a frequentar uma escola para meninas que, de ônibus, ficava a mais ou menos quinze minutos de casa. Ela fazia aula extra de matemática em um cursinho preparatório famoso, a mais ou menos trinta minutos, e costumava frequentar uma área universitária a uma hora de ônibus. Essa etapa significou uma expansão repentina de seu mundo social e geográfico, o que lhe ensinou que havia todo um mundo lá fora, cheio de pervertidos. No ônibus e no metrô, mãos suspeitas roçavam sua bunda e seus seios. Alguns desgraçados loucos se esfregavam nas coxas e nas costas das mulheres. As garotas ficavam enojadas com os garotos mais velhos nos cursinhos, na igreja e durante aulas particulares. Eles colocavam a mão em seus ombros, acariciavam sua nuca e espiavam seus peitos através de camisas de botão e camisetas decotadas, mas elas não emitiam nem um grito horrorizado. Tudo o que podiam fazer era se retirar.

Na escola não era melhor. Alguns professores homens estendiam a mão e beliscavam a pele macia de seus braços, davam tapinhas em sua bunda ou passavam as mãos sobre o fecho do sutiã em suas costas. O professor responsável quando Jiyoung estava no primeiro ano do ensino médio era um homem de cinquenta anos que carregava uma varinha cuja extremidade tinha o formato de mão com o indicador apontado, com que ele cutucava as garotas nos seios com a desculpa de chamar a atenção para crachás esquecidos ou para levantar a saia delas a fim de "verificar o uniforme escolar". Quando ele esqueceu a varinha na mesa um dia depois dos anúncios da manhã, uma aluna com seios grandes, cujo crachá o professor "verificava" com regularidade, foi até a frente da sala, jogou a varinha no chão e pisou nela inúmeras vezes enquanto chorava. As garotas que se sentavam perto logo juntaram os pedaços quebrados e se livraram deles, e a aluna foi abraçada e consolada pela melhor amiga.

A situação de Jiyoung era melhor se comparada à de outras garotas que trabalhavam meio expediente além de estudar e fazer cursinho preparatório. Empregadores as assediavam por "estarem vestidas de forma inadequada" ou "não terem a atitude correta" e retinham seus salários. Clientes achavam que junto com a compra vinha o direito de assediar as jovens. As garotas guardavam sem perceber, no fundo do coração, experiências repulsivas e assustadoras com homens.

Um dia, o cursinho de Jiyoung passou da hora. Quando ela terminou as aulas regulares e o seminário especial, já era bem tarde. Ela estava em pé no ponto de ônibus, bocejando, quando um estudante estabeleceu contato visual e disse oi. Ele parecia familiar, mas ela não conseguia se lembrar de onde o conhecia, então acenou sem jeito para o garoto que acreditava ser um colega do cursinho. Ele foi se aproximando aos poucos. Quando o ponto de ônibus ficou deserto, ela percebeu que ele estava bem ao seu lado.

— Qual ônibus você vai pegar?

— Hã? Por quê?

— Achei que talvez você quisesse que eu a acompanhasse até a sua casa...

— Achou?

— Sim.

— É, não. Não quero. Pode ir.

Ela queria perguntar quem era ele e de onde a conhecia, mas ficou com medo de continuar conversando. Evitou seu olhar e fixou os olhos nos faróis dos carros a distância. Seu ônibus finalmente chegou. Ela desviou o olhar como se não fosse o ônibus que estava esperando e subiu no último segundo, mas o estudante a seguiu. Espiando o reflexo dele no vidro do fundo do ônibus, Jiyoung ficou morrendo de medo de que ele a estivesse observando também.

— Ei, você está bem? Está doente? Venha, sente-se.

Uma mulher de aparência cansada que devia estar voltando do trabalho para casa ofereceu o assento a Jiyoung, que estava pálida e encharcada de tanto suar frio. Para que a mulher a ajudasse, ela segurou a ponta de seu dedo e olhou para ela com desespero. A mulher não entendeu.

— Você precisa que eu a leve ao hospital? — perguntou a mulher.

Jiyoung balançou a cabeça e baixou a mão para que o estudante não a visse; ela cerrou o punho e levantou o mindinho e o dedão, fazendo gesto de "telefone". A mulher, confusa, olhou de sua mão para seu rosto algumas vezes, pensou por um tempo e entregou-lhe um celular grande que retirou da bolsa. Jiyoung curvou-se sobre o celular para escondê-lo e mandou uma mensagem para o pai: É JIYOUNG ME ENCONTRE NO PONTO DE ÔNIBUS POR FAVOR RÁPIDO.

Ela olhou desesperada pela janela quando o ônibus parou no ponto, mas o pai não estava lá. O estudante estava um passo atrás dela, e a porta do ônibus se abriu. Ela ficou com medo de descer, mas não podia seguir para um bairro estranho tarde da noite. *Por favor, não me siga, por favor, por favor*, rezou consigo mesma ao saltar para a rua deserta, e o garoto a seguiu. Eles eram os únicos ali, e a lâmpada quebrada do poste deixava o ponto de ônibus ainda mais escuro. Jiyoung congelou. O estudante se aproximou.

— Você sempre se senta na minha frente — disse ele baixinho. — Sempre sorri para mim quando me passa as folhas, porra. Sempre me provoca com seus ois e tchaus e agora me trata como um predador?

Ela não sabia quem se sentava na carteira de trás, que cara fazia ao passar as folhas, o que dizia quando passava por alguém que estava bloqueando seu caminho em um corredor estreito.

O ônibus parou de repente mais à frente e a mulher de antes desceu.

— Ei! Senhorita! Esqueceu seu lenço! — gritou ela ao correr na direção de Jiyoung, agitando um lenço que qualquer um logo perceberia que uma garota da idade dela jamais usaria.

— Vadias. — O estudante cuspiu e saiu em disparada.

Quando a mulher chegou ao ponto, Jiyoung desmoronou e caiu no choro. O pai veio correndo da ruela. Ela explicou o que tinha acontecido: talvez ele estudasse na mesma sala, mas ela não tinha lembrança alguma dele, e ele devia ter se iludido achando que ela estava flertando com ele. A mulher, Jiyoung e o pai ficaram sentados juntos no banco do ponto esperando que o ônibus seguinte chegasse. O pai disse que foi de mãos abanando porque saiu apressado, pediu desculpas por não poder dar à mulher pelo menos um dinheiro para o táxi e falou que certamente ofereceria uma recompensa por sua gentileza.

— Os táxis são piores. — A mulher balançou a cabeça. — Ela devia estar morrendo de medo. Console a menina.

Mas, naquela noite, Jiyoung levou uma bronca do pai.

— Por que o seu cursinho é tão longe? Por que você conversa com estranhos? Por que sua saia é tão curta?

Jiyoung cresceu ouvindo que deveria ser cuidadosa, se vestir de modo conservador, agir como uma "mocinha". Que era responsabilidade dela evitar lugares, horários e pessoas perigosas. Que a culpa era dela por não perceber isso e não evitar.

A mãe ligou para a mulher e ofereceu uma recompensa, um presentinho ou mesmo um café ou uma sacola de tangerinas, mas a mulher recusou. Jiyoung sentia que deveria agradecer e ligou para ela mais uma vez. A mulher disse que estava feliz por Jiyoung estar bem e de repente declarou:

— Não é sua culpa.

Havia muitos homens loucos no mundo, ela vivera sua cota de desentendimentos com esses tipos, e o problema eram eles, não as mulheres. Ouvir isso fez Jiyoung chorar. Tentando engolir as lágrimas, ela não conseguiu responder.

— Mas sabe de uma coisa? — acrescentou a mulher. — Tem muito mais caras incríveis por aí.

Jiyoung abandonou o cursinho preparatório. Durante muito tempo, não conseguiu ficar no ponto de ônibus depois que escurecia. Parou de sorrir para as pessoas e não estabelecia contato visual com estranhos. Tinha medo de todos os homens e às vezes gritava ao dar de cara com o irmão mais novo na escadaria. Mas continuava pensando no que a mulher tinha dito. *Não é minha culpa. Tem muito mais caras incríveis por aí.* Se a mulher não tivesse lhe dito isso, Jiyoung viveria com medo por mais tempo ainda.

A crise financeira coreana de 1997 atingiu a casa de Kim Jiyoung. O serviço público, famoso por oferecer estabilidade, foi submetido a ondas de reestruturação. O pai de Jiyoung, funcionário de baixo escalão que acreditava que reduções e aposentadoria antecipada só se aplicavam ao setor financeiro e a grandes corporações, foi convidado a se retirar. O consenso entre seus colegas era resistir independentemente da situação, e ele concordava. Mas estava nervoso. Não ganhava muito, mas o fato de sustentar uma família era sua maior fonte de orgulho. Era um bom empregado — focado, cuidadoso, perfeccionista e um exemplo — que se viu perdido e visivelmente abalado ao perceber que seu sustento estava ameaçado.

Kim Eunyoung estava, por coincidência, no terceiro ano na época. Sem se abalar pelo clima tenso da casa, continuou tirando notas altas. Não melhorou de repente, mas avançou aos poucos, resultando em boas notas nos exames de admissão que a deixaram satisfeita.

A mãe comentou, com cautela, que a primogênita frequentasse uma faculdade de formação de professores nos arredores de Seul. A sugestão veio após muita ponderação de sua parte. A geração mais velha estava sendo dispensada e a geração mais nova não conseguia encontrar trabalho. O emprego do marido, que um dia acreditaram ser completamente estável até a aposentadoria, encarava um futuro incerto, eles tinham mais dois filhos e a economia só piorava. Pelo bem de Eunyoung e pela estabilidade financeira da família, a mãe quis que ela frequentasse uma universidade que garantisse a oportunidade de um emprego estável. Além disso, a faculdade de formação de professores tinha mensalidade mais barata. Mas isso foi após a popularização do funcionalismo público e da educação, e a nota de corte desse curso disparou. Eunyoung podia escolher entre várias faculdades de Seul, mas não as de formação de professores.

Eunyoung, que sonhava em se tornar produtora de televisão, escolhera jornalismo e já estava analisando as provas de redação de anos anteriores das faculdades em que tinha interesse. Quando a mãe sugeriu a formação de professores, Eunyoung disse não de imediato.

— Não quero ser professora. Já tem algo que quero fazer. E por que eu precisaria sair de casa e estudar tão longe?

— Pense no futuro. Não existe trabalho melhor para uma mulher do que ser professora.

— O que é tão incrível em ser professora?

— Você sai cedo do trabalho. Tem férias escolares. É fácil tirar licença. O melhor trabalho para as mães é ser professora.

— Claro. É um emprego muito bom para quem tem filhos. Então não seria ótimo para todos? Por que especificamente mulheres? As mulheres criam os filhos sozinhas? Você vai sugerir formação de professores ao seu filho também? Vai mandá-lo para uma faculdade dessas também?

Enquanto cresciam, as irmãs nunca ouviram dos pais que deveriam conhecer um bom homem e fazer um bom casamento, que deveriam ser boas mães e cozinheiras. Cumpriam muitas tarefas domésticas desde bem jovens, mas as consideravam uma ajuda aos pais ocupados, além de estarem cuidando de si mesmas, não aprendendo a ser boas mulheres. Quando ficaram um pouco mais velhas, os sermões que ouviam dos pais se classificavam em dois grandes temas: a) hábitos e atitudes (sentar direito, manter a mesa de trabalho organizada, não ler no escuro, arrumar a mochila da escola com antecedência, ser educada com os mais velhos); b) dedicação aos estudos.

Já tinha passado o tempo em que os pais acreditavam que as garotas não precisavam tirar boas notas ou receber a mesma educação que os garotos. Fazia tempo que era a norma para elas, assim como para eles, vestir um uniforme, carregar uma mochila e frequentar a escola. As garotas pensavam no que queriam ser quando crescessem, igualzinho aos meninos; planejavam suas carreiras e competiam para atingir seus objetivos. Era uma época em que a sociedade apoiava amplamente as ambições das mulheres. Em 1999, quando Kim Eunyoung completou vinte anos, foi aprovada uma nova legislação contra a discriminação de gênero e, em 2001, quando Kim Jiyoung completou vinte anos, foi formado o Ministério da Igualdade de Gênero. Mas, em momentos cruciais da vida das mulheres, o estigma de "ser mulher" se erguia, obscurecendo-lhes a visão, atando-lhes as mãos e impedindo que avançassem. Os sinais eram contraditórios e inquietantes.

— Além disso, não sei se vou me casar nem se vou ter filhos. Ou talvez eu morra antes de fazer qualquer uma dessas coisas. Por que eu tenho de negar a mim mesma uma coisa que quero agora para me preparar para um futuro que pode ou não chegar?

A mãe olhou para o mapa-múndi na parede. No mapa com as extremidades gastas havia alguns adesivos verdes e azuis em formato de coração. Fora ideia da irmã mais velha colocá-los nos países que queriam visitar. Kim

Jiyoung escolheu países mais familiares, como os Estados Unidos, o Japão e a China, enquanto Eunyoung escolheu países do norte da Europa, como a Dinamarca, a Suécia e a Finlândia. Quando perguntavam por que ela os havia escolhido, Eunyoung respondia que queria ir a lugares onde houvesse poucos coreanos. A mãe sabia o que os adesivos significavam.

— Você tem razão — respondeu a mãe. — Me desculpe por ter sugerido. Você vai se sair muito bem na redação!

A mãe estava se virando para ir embora quando Eunyoung a chamou:

— Mãe, é porque a mensalidade é barata? Pela estabilidade relativa de emprego? Porque eu posso começar a trazer um salário para casa assim que me formar? Porque o emprego do papai não é algo certo ultimamente e eu tenho dois irmãos mais novos?

— Em grande parte, sim. É metade do motivo. A outra metade é... Bom, eu achava que ser professora fosse um emprego muito bom em vários aspectos. Mas agora acho que você tem razão.

A mãe respondeu com sinceridade, e Eunyoung não tinha mais nada a dizer.

Eunyoung começou a pesquisar materiais de educação primária, consultou o orientador profissional da escola várias vezes, conferiu uma faculdade de formação de professores nos arredores de Seul e levou uma inscrição para casa. A mãe foi contra dessa vez. Sabia melhor do que ninguém como era desistir de um sonho pelo bem da família, pois ela mesma tinha tomado uma decisão assim. Quase nunca via os irmãos — um sacrifício feito sem compreensão real das consequências, ou possibilidade de recusa, criara um arrependimento e um ressentimento tão profundos quanto difíceis de curar — e a amargura afastou a família.

Eunyoung insistiu que não se tratava disso. Argumentou que tinha se interessado pela ideia de ser produtora de televisão sem saber de fato o que isso envolvia. E que, na verdade, desde que era pequena, gostava de ler para os irmãos mais novos, ajudá-los com a lição de casa e fazer trabalhos manuais e desenhos com eles — ser professora combinava mais com ela.

— Como a senhora falou, mãe, é um ótimo emprego. Você sai cedo, tem férias escolares, estabilidade. Além disso, vou poder ensinar coisas a crianças inocentes e vívidas como folhas frescas! Não é muito legal? Mas eu tenho certeza de que vou gritar bastante com elas.

Eunyoung se inscreveu na faculdade de formação de professores que visitou e foi aceita. Conseguiu uma vaga no dormitório também. No dia da mudança, a mãe levou alguns itens essenciais e ofereceu um conselho que chegou aos ouvidos surdos da filha de vinte anos que estava explodindo de animação. A mãe voltou para casa naquele dia, baixou a cabeça na mesa de trabalho vazia de Eunyoung e chorou por um bom tempo. *Ela ainda é uma criança. Eu não devia tê-la feito sair de casa tão cedo. Devia ter deixado que fizesse o curso que realmente queria. Não devia ter forçado minha filha a ser como eu.* Jiyoung não sabia se a mãe estava com pena da filha ou de si mesma quando mais jovem, mas ofereceu palavras de consolo:

— Ela queria mesmo ir para a faculdade de formação de professores. Ela dormia com o livreto da escola. Olhe, está se desfazendo.

Só depois de folhear o livreto cheio de orelhas e gasto a mãe parou de chorar.

— Você tem razão.

— A senhora ainda não a conhece, depois de ter criado Eunyoung durante vinte anos? Acha que ela faria alguma coisa que não quisesse? Ela tomou essa decisão porque realmente queria. Então não fique triste.

A mãe saiu mais leve do quarto. Jiyoung, agora sozinha no cômodo, se sentiu estranha e vazia e tão extasiada que parecia ser capaz de voar, pelo menos até o teto. Nunca tivera um quarto só para ela. Pensou que deveria se livrar da mesa da irmã imediatamente e conseguir uma cama. Sempre quis ter uma cama.

Eunyoung ter ido para a faculdade era bom para a família inteira.

No fim, o pai se decidiu pela aposentadoria antecipada. Ainda tinha muitos anos pela frente, mas o mundo mudara muito (embora houvesse um computador para cada funcionário, como membro da geração pré-computadores, ele ainda digitava apenas com os dedos indicadores). Já tinha alcançado o número de anos consecutivos no trabalho para ter direito a uma pensão, e a indenização era uma quantia decente. Declarou que estava na hora de seu "segundo ato" começar, antes que fosse tarde demais. Ainda assim, mesmo para Jiyoung, que não sabia muito da vida, parar de trabalhar ao mesmo tempo em que um dos filhos entrava na faculdade e os dois mais novos ainda tinham um custo alto parecia uma decisão arriscada. Isso deixou Jiyoung nervosa, mas a mãe não repreendeu, se afligiu ou tentou dissuadir o marido.

O pai teve a ideia de abrir um negócio com o dinheiro da indenização. Um colega de trabalho que pediu demissão na mesma época estava fundando uma empresa de importação e exportação com a China com amigos da faculdade e convidou-o a entrar como sócio. O pai contou à mãe que ia investir a maior parte do dinheiro da indenização no negócio, e a mãe foi taxativa.

— Você trabalhou tanto para sustentar uma família de cinco pessoas. Obrigada. Então agora aproveite um pouco. Pegue esse dinheiro e aproveite. Não quero ouvir mais nem uma palavra sobre a China. Se você investir nisso, eu peço o divórcio.

Como casal, eles não eram expressivos em relação aos sentimentos que nutriam um pelo outro, mas viajavam sozinhos pelo menos uma vez por ano e saíam à noite de vez em quando, para ver um filme ou tomar uns drinques. Nunca brigaram na frente das crianças. Sempre que uma decisão de família precisava ser tomada, a mãe aconselhava com cuidado e tato, e o pai costumava acatar. A primeira coisa que o pai decidiu de maneira unilateral em vinte anos de casamento foi sua aposentadoria, e, agora que ele queria aproveitar o embalo para investir em um negócio, uma rachadura intransponível se abriu entre eles.

A tensão entre o casal ainda era palpável quando, um dia, o pai estava revirando o guarda-roupa ao se arrumar para sair. Ele perguntou onde "aquele negócio" estava, e a mãe lhe entregou o cardigã azul que retirou da gaveta. Ela encontrou as meias pretas quando ele pediu "aquele outro negócio" e lhe deu o relógio quando ele pediu a ela que "pegasse aquele negócio".

— Eu o conheço melhor do que você conhece a si mesmo — disse ela enquanto colocava o relógio no pulso dele. — Você é bom em muitas coisas, mas essa não é uma delas. Então desista do negócio com a China.

O pai desistiu da ideia, mas insistiu que abriria um negócio. A mãe vendeu o apartamento que tinha comprado para investir e que alugava, e lucrou bastante com a operação. Adicionando a isso o dinheiro da indenização do marido, ela comprou um imóvel no primeiro andar de um prédio comercial recém-construído. O preço não era baixo, considerando que o lugar não dava vista para a rua e a localização não era excelente, mas ela parecia acreditar que era um bom investimento. De acordo com seu raciocínio a área residencial maltrapilha dos arredores estava sendo transformada em condomínios de apartamentos, e era melhor comprar um imóvel em um prédio novo do que alugar uma loja já existente que comprometesse os lucros. De qualquer forma, eles precisavam de um lugar vazio para abrir um negócio.

O primeiro que abriram foi um restaurante de ensopado de frango. Redes de ensopado de frango eram muito populares na época e, no estabelecimento do pai, os clientes faziam fila na rua. Mas a moda não durou muito. Ele não tinha perdido dinheiro, mas também não lucrara muito quando faliu. Então abriu uma lanchonete de frango frito no lugar. Estava mais para um bar que servia frango frito. O corpo do pai, acostumado a uma vida de trabalho em horário comercial, envelheceu rapidamente ao dar duro até muito tarde. O negócio logo faliu em razão de seus problemas de saúde. A aventura seguinte foi uma franquia de confeitaria. Só que confeitarias similares surgiram por todo o bairro, inclusive outra da mesma franquia foi aberta do outro lado da rua. Todas as confeitarias fecharam depois de um período de movimento indiscriminadamente fraco. O pai aguentou um pouco mais porque não tinha o fardo do aluguel mensal, mas ele admitiu a derrota quando um café/confeitaria foi aberto próximo dali.

A atmosfera na casa era quase tão tensa durante o último ano escolar de Jiyoung quanto havia sido no de Eunyoung. Em meio à luta para manter os negócios funcionando e garantir o futuro dos filhos, os pais não davam conta do presente. Jiyoung teve de lavar e passar os uniformes dela e do irmão, preparar o almoço dos dois de tempos em tempos, fazer o irmão mais novo distraído se sentar para estudar e dar conta dos próprios estudos. Às vezes, quando ela ficava tão exausta que tinha vontade de desistir, as palavras clichês de incentivo de Eunyoung — "Quando você entrar na universidade, vai emagrecer e arranjar um namorado" — a inspiravam de verdade, porque Eunyoung tinha mesmo emagrecido e arranjado um namorado.

Ao terminar o exame de admissão, Jiyoung se perguntou se os pais conseguiriam pagar as mensalidades. Mencionou com cautela as vendas da loja, a saúde do pai e o saldo bancário da família para a mãe, que tinha dado um pulo em casa para preparar o jantar dos filhos. Jiyoung tinha receio de que abordar a questão do dinheiro iria fazer a mãe cair no choro ou sugerir que a própria Jiyoung desse conta da mensalidade. A mãe aliviou seu medos com cinco palavras:

— Passe primeiro, preocupe-se depois.

Jiyoung foi aceita na faculdade de artes e humanidades de uma universidade de Seul. A família estava ocupada demais para interferir em seu futuro, então ela ponderou as opções e cuidou dos preparativos necessários sozinha. Agora que tinha passado, era hora de se preocupar. A mãe disse a ela com bastante sinceridade que eles poderiam garantir as mensalidades do primeiro ano.

— Se as coisas não mudarem, vamos vender a casa, a loja ou alguma outra coisa para que você também não precise se preocupar com os anos seguintes.

No dia da formatura, Kim Jiyoung ficou bêbada pela primeira vez. Kim Eunyoung levou a irmã mais nova e duas amigas para beber *soju*, que Jiyoung achou surpreendentemente doce e saborosa. Ela bebeu uma dose atrás da outra até desmaiar e ser praticamente carregada para casa por Eunyoung. Os pais repreenderam Eunyoung por corromper a irmã, mas não tiveram muito a dizer a Jiyoung.

Início da vida adulta, 2001-2011

Kim Jiyoung estava determinada a tirar boas notas na faculdade e ganhar uma bolsa de estudos, mas isso acabou se revelando um sonho impossível. Mesmo com 100% de presença, entregando todos os trabalhos no prazo e estudando muito, ela só alcançou média dois no primeiro semestre. Na escola, ela tirava boas notas e podia ir mal em uma prova, e ainda aumentar a média ao se dedicar para a próxima. Mas na faculdade era difícil se destacar, uma vez que estava competindo com alunos de nível similar ao seu. Sem monitores que a auxiliassem a decifrar os textos ou simulados que a ajudassem a entender o formato das questões, Jiyoung não sabia como estudar para as provas.

Os dias que os alunos passavam pela faculdade sem grandes percalços tinham ficado para trás — ninguém mais desistia dos coeficientes de rendimento acadêmico e passava os quatro anos festejando. A maioria mantinha notas altas, estudava inglês, fazia estágio, participava de competições e trabalhava meio período. Jiyoung reclamou para Eunyoung que não havia mais romance na faculdade, ao que ela respondeu:

— Você está louca.

A maioria das amigas de faculdade de Jiyoung contava histórias parecidas sobre negócios falidos ou demissões dos pais durante a crise financeira de 1997. Enquanto a economia continuava ruim e os alunos se mantinham em empregos de meio período e com a ajuda dos pais, cuja estabilidade financeira continuava em risco, as mensalidades (congeladas durante a crise) subiam como se para compensar o tempo perdido. Nos anos 2000, as mensalidades subiram mais do que o dobro da inflação.[7]

A primeira amiga próxima que Jiyoung fez na faculdade trancou o curso depois do primeiro ano. Ela era de uma cidade que, de ônibus, ficava a três horas de Seul. Dizia que tinha estudado incansavelmente para ficar longe dos pais e entrar em uma faculdade da capital. Ela não deixava claro, mas parecia receber pouco ou nenhum apoio financeiro deles. Dizia que poderia assumir todos os empregos de meio período que encontrasse e ainda assim não conseguiria o suficiente para dar conta da mensalidade, do aluguel e das demais despesas.

---

7 REPEATED Protests Against Tuition Increase [Protestos contra o aumento da mensalidade continuam]. *Yonhap News*, 6 abr. 2011.

— Dou aula no cursinho preparatório da faculdade à tarde e sou garçonete em um café à noite. Chego em casa, tomo banho e já são duas da manhã. É quando faço as tarefas da faculdade ou corrijo trabalhos antes de dormir algumas horas. Como você sabe, faço parte do programa de estudo e trabalho quando não tenho aulas durante o dia. Ando tão cansada que durmo na aula. Tentar pagar pela faculdade está destruindo minha vida universitária. E meu coeficiente de rendimento está no chão.

O plano era voltar para casa e guardar dinheiro durante um ano. Jiyoung a ouvia com atenção, sabendo que nada além de dinheiro poderia consolá-la ou incentivá-la. Com um pouco mais de 1,60 metro de altura, a amiga tinha perdido 12 quilos desde o início da faculdade, e agora pesava um pouco mais de 40 quilos.

— Eles tinham razão sobre perder peso na faculdade! — gritava ela e gargalhava como se fosse a coisa mais engraçada do mundo. O elástico das mangas da jaqueta cinza estava gasto, e os pulsos ossudos ficavam à mostra.

Em comparação, a vida universitária de Jiyoung era bastante confortável: vivia na casa dos pais, não tinha feito empréstimos estudantis e só dava aulas particulares, que a mãe tinha conseguido para ela, quatro horas por semana. Suas notas não eram ótimas, mas ela se interessava pelo curso e mergulhou em uma variedade de palestras acadêmicas e participou de clubes que não a ajudariam a conseguir um emprego porque ela não sabia ao certo o que queria fazer depois da faculdade. Não houve recompensas instantâneas, como apertar o botão de uma máquina automática para pegar um salgadinho, mas as atividades tampouco foram uma completa perda de tempo. Jiyoung descobriu que não era tão introvertida quanto imaginava quando tinha a oportunidade de pensar — ou formar — e expressar opiniões. Na verdade, acabou se revelando bastante amigável e sociável e descobriu que gostava de estar no centro das atenções. E conheceu o primeiro namorado no clube de trilha da faculdade.

Ele estudava educação física e tinha a mesma idade que Jiyoung. Os veteranos sempre os colocavam juntos para ajudar Jiyoung a acompanhar o ritmo do grupo. O namorado a levou para assistir ao seu primeiro jogo de beisebol e à sua primeira partida de futebol. Em boa parte do tempo, ela não entendia o que estava acontecendo, mas a atmosfera no estádio e o carinho pelo namorado tornavam esses eventos esportivos divertidos. Antes do início, ele apontava os jogadores e as regras mais importantes para Jiyoung, que não sabia nada sobre esportes. Quando o jogo começava, eles se concentravam na ação. Jiyoung lhe perguntou por que ele não explicava o que estava acontecendo durante o jogo.

— Você não fica me explicando cada fala e cada cena quando vemos um filme juntos. Os caras que explicam tudo para a namorada durante o jogo são, sei lá, meio egocêntricos. Eles vieram ver o jogo ou ficar se exibindo? Enfim, não é legal.

O casal frequentava as exibições gratuitas de filmes organizadas pelo clube de cinema da faculdade, e era sempre Jiyoung quem escolhia o que assistir. Ele gostava de todos os gêneros — terror, romance, históricos, ficção científica. Ria e chorava com mais vontade que Jiyoung. Ficava com ciúme quando ela dizia que tal ator era bonito, e gravou um CD para ela com todas as suas trilhas sonoras favoritas.

Eles costumavam andar pelo *campus*. Estudavam juntos na biblioteca, escreviam trabalhos juntos no laboratório de informática e relaxavam juntos nas arquibancadas do campo de atletismo. Comiam no refeitório, lanchavam na loja de conveniência recém-aberta no centro estudantil e tomavam café na cafeteria ao lado. Em dias especiais, iam a um restaurante japonês ou a um estabelecimento acima da faixa de preço que os estudantes costumavam pagar. Ele gostava de ouvir Jiyoung contar várias vezes o enredo de uma série de histórias em quadrinhos que tinha lido na infância ou um romance ou um programa de TV popular, e enchia o saco dela para que se exercitasse — que pulasse corda, pelo menos.

A mãe de Jiyoung ficou sabendo que o prédio novo em frente ao antigo bar de frango frito ia abrigar um hospital pediátrico com várias alas. Ela convenceu o marido — que jurou que nunca mais voltaria a ser escravo legalizado de uma franquia — a abrir um restaurante de mingau. O hospital infantil realmente se mudou para o prédio em frente, ocupando do segundo ao oitavo andar. A comida de lá felizmente não era muito saborosa, e os pais iam até a lanchonete para buscar mingau e famílias paravam para comer a caminho do hospital. O condomínio de apartamentos que estava em construção nos arredores foi concluído e se encheu de jovens pais que comiam fora com frequência. Mesmo em dias de semana, a lanchonete recebia famílias para o jantar, e famílias com crianças pequenas se tornaram clientes regulares por causa da falta de boas opções na área. A renda ultrapassou em muito o que o pai de Jiyoung ganhava como funcionário público.

Tempos depois, eles descobriram que a mãe de Jiyoung tinha comprado um apartamento grande no condomínio próximo dali. Ela vinha pagando o financiamento havia anos e, graças ao bom funcionamento da franquia de mingau, vendeu o imóvel menor onde eles viviam e quitou o que restava do financiamento. A família se mudou para o apartamento novinho em folha — incluindo Eunyoung, que terminou a faculdade no Sul, decidiu que preferia trabalhar em Seul e passou no concurso nacional de professores para ocupar uma vaga na capital.

O pai de Jiyoung voltou para casa feliz depois de uma longa noite bebendo com os antigos colegas do serviço público e gritou o nome dos filhos tão alto que a sala tremeu. O mais novo, que estava com fones ouvindo música e não percebeu quando ele entrou, e as duas irmãs, que estavam dormindo, foram cumprimentá-lo, e o pai abriu a carteira e colocou cartões e dinheiro na mão deles. A mãe apareceu bocejando e brigou com ele por acordar todo mundo chegando em casa bêbado e fazendo escândalo.

— Minha vida é a melhor! Aqueles caras no bar hoje não chegam nem perto! Eu consegui! Ótimo trabalho, pessoal! Nós conseguimos!

Como ele ficou sabendo, o colega que tinha investido no comércio com a China consumiu a indenização. O restante deles ganhava uma ninharia, tanto os que continuaram no funcionalismo público quanto os que se aposentaram e abriram um negócio como ele. Ele tinha a maior renda e a maior casa. Todos ficaram com inveja de seus três filhos: a mais velha professora, a do meio na faculdade em Seul e o mais novo, um filho homem. Enquanto o pai estava ali reluzindo orgulho, a mãe pegou no braço no dele e sorriu.

— A franquia de mingau foi ideia minha e eu comprei o apartamento. E as crianças se criaram sozinhas. Sim, você conseguiu, mas não fez tudo sozinho, então seja bom comigo e com seus filhos. Você está fedendo a álcool, durma na sala hoje.

— Claro! Claro! Metade disso é obra sua! Eu te saúdo, ó Lady Oh Misook.

— Metade? É no mínimo 70% meus e 30% seus.

A mãe bocejou mais uma vez e jogou um travesseiro e um cobertor para o marido. Ele pediu ao único filho que dormisse no chão da sala também, mas foi rejeitado por estar fedendo. Isso não afetou seu bom humor, então ele vestiu o cobertor como uma capa, sem tomar banho, se jogou no chão da sala e logo começou a roncar.

O namorado de Jiyoung entrou para o Exército a fim de cumprir o serviço militar obrigatório depois de completar o primeiro ano de faculdade. Jiyoung conheceu os pais dele, foi com ele até o campo de treinamento e chorou copiosamente ao se despedir, mas, depois de apenas alguns meses, passou a se sentir insuportavelmente solitária. Às vezes ela enviava cartas tão longas que mal conseguia enfiá-las no envelope, outras se irritava sem motivo e não atendia às ligações dele. Sempre carinhoso e relaxado antes de entrar para o Exército, o namorado se transformara em uma pilha de nervos que explodia ao menor sinal de provocação. A ideia de estar desperdiçando o melhor momento de sua vida o deixava deprimido, ansioso e com raiva, nesta ordem. Quando ele tirou uma licença, exceto pelo momento doce do reencontro, eles brigaram o tempo todo.

Jiyoung terminou com ele. Ele encarou surpreendentemente bem na época, mas, bêbado, ligava para ela centenas de vezes sempre que saía do quartel, mandava mensagens de madrugada — VOCÊ ESTÁ DORMINDO? — e uma vez foi encontrado dormindo encolhido em frente à lanchonete de mingau perto de uma poça enorme do próprio vômito. No prédio onde ficava o estabelecimento, espalharam-se boatos de que a segunda filha do dono tinha traído o namorado que estava no Exército e ele abandonara sua unidade para se vingar.

Jiyoung ficou constrangida com a ideia de voltar ao clube de trilha, mas passava lá de vez em quando para dar uma olhada nas novas integrantes. O clube era predominantemente masculino, pois as garotas costumavam desistir depois de alguns encontros. Jiyoung devia seu carinho pelo clube a Cha Seungyeon, que a colocara sob suas asas ali, e ela queria passar isso adiante.

Os caras se referiam às garotas como "flores entre daninhas" e agiam como se as venerassem. Nenhuma recusa, por mais veemente que fosse, era capaz de impedi-los de carregar tudo para elas. As garotas podiam escolher o cardápio de almoço e lanche pós-trilhas e sempre ficavam com os maiores e melhores quartos quando participavam de viagens do clube, mesmo quando havia apenas uma garota no grupo. Mas eles também alegavam que era a camaradagem entre homens fortes e bons que zoavam juntos que mantinha o clube de pé. O presidente, o vice-presidente e o secretário eram todos homens. O clube mantinha reuniões com clubes de trilha femininos, e descobriu-se que havia um clube de montanha só para ex-alunos homens. Seungyeon sempre dizia que as garotas não precisavam de tratamento especial — elas só queriam as mesmas responsabilidades e oportunidades. Em vez de escolher o cardápio do almoço, queriam concorrer à presidência. A maioria dos caras só sorria e acenava, mas um integrante dedicado — um cara no nono ano do doutorado — sempre dizia a mesma coisa:

— Quantas vezes eu vou ter de repetir? É um trabalho pesado demais para as mulheres. Vocês iluminam o clube só de estarem aqui.

— Não estou aqui para amparar você — retrucava Seungyeon. — Se o clube precisa de iluminação, comprem uma lâmpada. Meu Deus, estou cansada deste lugar, mas vou continuar lutando com unhas e dentes até o dia em que uma mulher se tornar presidente do clube de trilha.

Isso não aconteceu antes de Seungyeon se formar, mas Jiyoung ficou sabendo que uma garota tinha conseguido ocupar a cadeira dez anos depois. A reação de Seungyeon foi serena:

— É como dizem: o tempo move montanhas.

Jiyoung não era tão dedicada ao clube quanto Seungyeon, mas ficou de olho nas idas e vindas até o incidente da viagem de outono do terceiro ano. Eles escolheram um local em uma reserva natural próxima da universidade e, depois de uma trilha rápida, se reuniram em pequenos grupos para organizar brincadeiras, jogar futevôlei e beber um pouco. Jiyoung sentiu um arrepio, como se estivesse prestes a ficar resfriada, então foi para o quarto onde os novos integrantes estavam jogando cartas com o aquecedor ligado, se enterrou em uma pilha de cobertores e colchões em um canto e se cobriu até a cabeça. O aquecimento do piso derreteu a tensão de seu corpo, e ela pegou no sono, embalada pelas vozes e risadas dos integrantes do clube.

— Kim Jiyoung não quer mais saber dele, eu acho.

Jiyoung ouviu alguém dizer seu nome. *Você não tinha uma queda pela Kim Jiyoung... Era mais que uma queda... Bom, o que você está esperando, chame a garota para sair... A gente ajuda...*, eram várias vozes. Ela achou que estivesse sonhando, mas, conforme ficava lúcida, identificou as pessoas. Era o grupo que tinha voltado do serviço militar que estava bebendo na sala mais cedo. Ela estava bem acordada e com calor, mas não podia sair de baixo das cobertas depois de ouvir sem querer uma conversa constrangedora sobre ela mesma.

— Eca. É como mastigar o chiclete que alguém cuspiu — disse uma voz familiar.

Era um veterano que gostava de beber, mas não obrigava os outros a beber junto, e que costumava comprar comida para os integrantes mais jovens, mas evitava comer com eles para que não se sentissem constrangidos. Ela sempre apreciara seu jeito equilibrado e prático.

Jiyoung não conseguia acreditar no que estava ouvindo. Prestou mais atenção, e não podia negar que era ele. Talvez estivesse bêbado. Ou talvez houvesse dito aquilo para compensar o fato de terem descoberto que ele nutria algum interesse por ela, fazendo um comentário ríspido para dissuadir os caras de bancarem os cupidos. Ela pensou em muitas possibilidades, mas nenhuma a fez se sentir menos arrasada. Mesmo aqueles que costumavam ser razoáveis e sensatos degradavam verbalmente as mulheres — mesmo aquelas de quem gostavam. É isso que eu sou: o chiclete que alguém cuspiu.

Encharcada de suor e quase sem conseguir respirar, Jiyoung continuou escondida embaixo do cobertor. Ficou com medo de ser descoberta, como se tivesse feito algo errado. Pouco depois, ao ouvir os caras saírem do quarto e esperar um silêncio absoluto, ela deixou a sauna de cobertores e foi até o quarto das garotas.

Ela se revirou a noite toda. Na manhã seguinte, deu de cara com o veterano quando se preparava para caminhar em uma trilha próxima.

— Seus olhos estão muito vermelhos — disse ele, com o carinho e a calma de sempre. — Não conseguiu dormir?

O chiclete aqui não tem descanso! Está ocupado demais sendo mastigado e cuspido! Foi o que Jiyoung se imaginou dizendo, mas segurou a língua.

O fim do terceiro ano na universidade chegou, e Jiyoung começou a se preparar com mais seriedade para conseguir um emprego. Estava refazendo as matérias em que tinha ido mal no primeiro ano para aumentar seu coeficiente de rendimento, e sua nota no TOEIC, o teste de proficiência em inglês, estava melhorando aos poucos, mas ela ainda se preocupava com o futuro. Estava decidida a seguir uma carreira em marketing e procurava por estágios ou concursos patrocinados por empresas na área, mas era difícil conseguir informação na coordenação da faculdade porque não tinha nada a ver com marketing.

Ela fez alguns cursos no centro cultural local, não tanto para aprender, mas para fazer contatos, e teve a sorte de conhecer algumas pessoas com quem se deu bem e com quem formou algo como um grupo de estudos. O grupo começou com três pessoas, alguém levou um amigo, outra pessoa saiu, portanto acabaram em sete integrantes habituais. Uma delas estava cursando administração na faculdade de Jiyoung. Seu nome era Yun Hyejin. Ela era um ano mais velha que Jiyoung, mas estava no mesmo período porque tinha trancado por um tempo.

Os integrantes do grupo trocavam informações sobre oportunidades de emprego e trabalhavam em seus currículos e cartas de apresentação juntos. Participavam de atividades voluntárias e monitoramento de empresas e se inscreviam em programas de estágio juntos. Jiyoung e Hyejin entraram em várias competições em dupla e ganharam alguns prêmios em concursos e desafios do governo para estudantes universitários.

Durante esse período, antes de começar a enviar currículos e marcar entrevistas, Jiyoung se manteve esperançosa. Se a filosofia era compatível com suas opiniões e o trabalho era algo que lhe interessava, ela não se importava com o tamanho da empresa. Hyejin era mais pessimista. Melhor candidata que Jiyoung em todos os quesitos — coeficiente de rendimento mais alto, nota mais alta no TOEIC, certificados de cursos de informática, formação em uma área que as empresas preferiam —, ela dizia que duvidava que fosse contratada por alguém que pagasse em dia, muito menos por uma empresa grande.

— Por que você acha isso?

— Porque não estudamos na Universidade Nacional de Seul, na Universidade da Coreia ou na Yonsei.

— E os ex-alunos que vão às feiras de emprego? As pessoas da nossa faculdade se saem bem.

— Os ex-alunos são todos homens. Quantas mulheres você já viu nessas feiras?

Aquilo abriu os olhos de Jiyoung, e ela finalmente enxergou. Hyejin estava certa. Jiyoung participava da maioria das feiras de empregos e eventos com os ex-alunos desde o início do último ano e não tinha visto uma única ex-aluna, pelo menos não nos eventos em que se inscrevia. Em 2005, quando Kim Jiyoung se formou, uma pesquisa realizada por um site de busca de empregos revelou que apenas

29,6% dos novos contratados em cem empresas eram mulheres, o que foi mencionado como um grande avanço.[8] Outra pesquisa realizada no mesmo ano demonstrou que, entre os gerentes de recrutamento de cinquenta grandes empresas, 44% dos participantes disseram "preferir contratar homens a mulheres com qualificações equivalentes" e ninguém "contrataria mulheres em vez de homens".[9]

De acordo com Hyejin, os departamentos de administração às vezes recebiam pedidos de recrutamento não oficiais por meio da coordenação ou de professores, mas apenas alunos do sexo masculino eram recomendados. O processo era feito tão por debaixo dos panos que era difícil determinar exatamente quem tinha sido recomendado para qual empresa por qual motivo, e se a faculdade recomendava apenas alunos homens ou se as empresas pediam por eles especificamente.

Hyejin contou a Jiyoung sobre uma garota que se formara alguns anos antes. Ela foi a primeira da turma durante todo o curso universitário, tinha boas notas em exames de idiomas estrangeiros e um currículo espetacular, que incluía prêmios, estágios, certificados e participações em clubes e atividades voluntárias. Havia uma empresa na qual ela estava de olho, mas depois descobriu que o de-

---

8 2005 JOB Market with Key Words [Palavras-chave do mercado de trabalho em 2005]. *Dong-A Ilbo*, 14 dez. 2005.

9 PERSISTENT Discrimination Based on Gender and Appearance in Employment [Discriminação persistente no mercado de trabalho com base em gênero e aparência]. *Yonhap News*, 11 jul. 2005.

partamento recebera uma solicitação de candidatos elegíveis e selecionara quatro alunos homens para as entrevistas (quem lhe contou foi um dos estudantes que foi mal na entrevista e não parava de reclamar). A aluna fez uma queixa veemente a seu orientador, perguntando quais tinham sido os critérios da recomendação e disse que levaria a questão a público a menos que lhe dessem um motivo legítimo para ela não ter sido escolhida como candidata. O assunto percorreu a cadeia de comando até o chefe do departamento, e ela recebeu uma série de motivos inaceitáveis: preferência implícita da empresa por alunos do sexo masculino; recompensa pelos anos que eles perderam servindo no Exército; o fato de eles serem futuros chefes de família. A resposta mais desmoralizante veio do próprio chefe do departamento: "As empresas consideram as mulheres difíceis. Como agora: você está sendo bastante difícil, sabia?"

O que você quer de nós? As garotas burras são burras demais, as garotas inteligentes são inteligentes demais e as garotas que estão na média são medianas demais?

A aluna considerou inútil levar a queixa adiante e foi contratada pelo processo que a empresa abriu no fim daquele ano.

— Uau, que incrível! Então ela ainda trabalha lá?

— Não, ela pediu demissão depois de seis meses, parece.

Certo dia, ela olhara ao redor no escritório e percebera que não havia mulheres acima de determinada faixa salarial. Viu uma grávida no refeitório e perguntou às pessoas à mesa de quanto tempo era a licença-maternidade da empresa, mas nenhum dos cinco, entre eles um chefe de departamento, sabia a resposta porque nunca tinham visto uma funcionária sair de licença. Ela não conseguiu se imaginar trabalhando ali em dez anos e pediu demissão depois de pensar um pouco. Seu chefe resmungou:

— É por isso que não contratamos mulheres.

Ela respondeu:

— As mulheres não ficam porque vocês tornam a permanência delas impossível.

A porcentagem de funcionárias que usam a licença-maternidade aumentou de 20% em 2003 para mais de 50% em 2009, e quatro de cada dez mulheres ainda trabalham sem a garantia de licença-maternidade.[10] É claro que existem muitas mulheres que já deixaram o emprego em função de casamento, gravidez ou parto e não foram incluídas nas estatísticas. A porcentagem de mulheres em cargos de gerência também vem aumentando de maneira constante, mas lenta — de 10,2% em 2006 a 18,37% em 2014 —, mas não são nem duas em cada dez ainda.[11]

— Então o que ela está fazendo agora?

---

[10] YUN, Jeonghye. Current Use of Parental Leave and Its Implications. [Prática atual da licença parental e suas implicações] *Report on Employment Trends* [Relatório sobre tendências de emprego], jul. 2015.

[11] *2015 Reports on Employment and Labor* [Relatórios sobre emprego e trabalho – 2015]. Ministério do Trabalho, p. 83-84.

— Ela passou no exame da ordem ano passado. A universidade fez uma faixa, as pessoas ficaram muito animadas. Você viu? Ela foi a primeira da nossa faculdade a passar em anos.

— Ah, é. Eu me lembro. Achei muito bacana.

— Ridículo, não é? "Mulheres inteligentes são difíceis", dizem eles. E quando ela passa no exame da ordem sozinha, sem nenhuma ajuda da faculdade? Eles penduram faixas e tocam buzinas: "Orgulho dos nossos ex-alunos!"

Quando as empresas divulgaram avisos de processos seletivos para o segundo semestre daquele ano, Jiyoung se sentiu como se estivesse em um beco estreito coberto por uma névoa espessa, que virou chuva e caiu em sua pele nua.

Jiyoung queria trabalhar no ramo de alimentos, mas se candidatou a todas as grandes empresas. Não obteve resposta de nenhuma das quarenta e três para as quais se inscreveu. Então ela se candidatou a dezoito empresas menores, mas estáveis e com plano de carreira, só que também não retornaram. Hyejin às vezes chegava até a etapa do teste de aptidão ou da entrevista, mas nunca recebia uma oferta final. As duas mulheres começaram a se candidatar a qualquer empresa que estivesse contratando. Jiyoung mandou uma carta de apresentação com o nome da empresa escrito errado e passou na etapa da inscrição pela primeira vez.

Só depois de ter sido chamada para uma entrevista Jiyoung pesquisou sobre a empresa. Era uma fábrica de brinquedos, papelaria e acessórios para o lar que tinha crescido bastante após negociar um acordo com agências de celebridades para ilustrar os produtos com suas caricaturas. Pelúcias, agendas, canecas de café e outros itens comuns estavam gerando um lucro enorme. *Uma empresa que rouba a mesada de meninos e meninas?* Jiyoung entrou em conflito. Ela não tinha certeza se queria mesmo o emprego, mas se interessava mais à medida que a data da entrevista se aproximava, e no fim o desejava de verdade.

Na noite anterior à entrevista, Jiyoung ensaiou com a irmã até tarde da noite. Já passava da uma da manhã quando ela aplicou no cabelo uma camada grossa de hidratante e foi se deitar. Ficou acordada, olhando para o teto, não podendo nem mesmo se revirar na cama para que o creme não sujasse a fronha. Adormeceu antes do amanhecer e teve vários sonhos sem conclusão. Acordou incrivelmente cansada e a maquiagem não ficou boa. A caminho do local da entrevista, ela adormeceu no ônibus e perdeu o ponto. Ainda tinha bastante tempo, mas pegou um táxi para evitar se perder e ficar ansiosa diante de uma tarefa tão importante. O velho motorista, que penteara o parco cabelo para cobrir a careca com perfeição, olhou para Jiyoung pelo retrovisor e perguntou se ela ia a uma entrevista. Ela respondeu com um sim monossilábico.

— Nunca aceito mulheres como o primeiro cliente do dia. Mas estou lhe dando uma carona porque percebi que você estava indo para uma entrevista.

Me dando uma carona? Jiyoung se perguntou por um instante se ele estava lhe dando uma carona de graça, mas logo entendeu o que ele quis dizer. *Eu devo agradecer ao motorista em serviço por graciosamente permitir que eu pague por seus serviços?* Jiyoung nem sabia por onde começar e não queria iniciar uma discussão que não daria em nada, então se recostou no banco e fechou os olhos.

As três candidatas entraram na sala de entrevista uma após a outra. As outras duas tinham a mesma idade de Jiyoung. Todas usavam o cabelo chanel logo abaixo das orelhas, batom rosa e terno cinza-escuro. Os entrevistadores analisaram currículos e cartas de apresentação e perguntaram às candidatas sobre sua educação, pediram informações complementares dos currículos que chamaram a atenção e, em seguida, indagaram sobre a empresa, o futuro da área e acerca de estratégias de marketing. Todas eram perguntas bastante comuns às quais as três responderam sem dificuldade. A última veio de um membro de meia-idade do conselho que até então ficara sentado à extremidade da mesa assentindo calado.

— Você está em uma reunião com uma empresa que é nossa cliente. O cliente fica, você sabe, saidinho. Aperta seu ombro, roça sua coxa. Entende o que eu quero dizer? Sim? Como você lida com a situação? Vamos começar com a srta. Kim Jiyoung.

Jiyoung não queria entrar em pânico como uma idiota ou perder pontos por ser firme demais, então arriscou um meio-termo.

— Procuraria um jeito de sair da sala naturalmente. Como ir ao banheiro ou buscar dados de pesquisa.

A segunda entrevistada afirmou que claramente se tratava de assédio sexual e pediria que ele parasse imediatamente. Se não parasse, ela prestaria queixa. O membro do conselho ergueu a sobrancelha e anotou alguma coisa, o que fez Jiyoung estremecer.

— Eu checaria minhas roupas e minha atitude — disse a última candidata, que tivera mais tempo para pensar — para me certificar de que não houvera nenhum problema e consertaria qualquer coisa que pudesse ter levado ao comportamento inapropriado do cliente.

A segunda entrevistada soltou um suspiro audível e perplexo. Jiyoung ficou chateada com a resposta, mas um arrependimento se instalou quando ela pensou que a terceira mulher provavelmente ganhara mais pontos e se odiou por isso.

Alguns dias depois, Jiyoung recebeu um e-mail informando que ela não tinha sido aprovada. Foi por causa da resposta à última pergunta? Arrependimento e curiosidade a dominaram durante dias, até que ela ligou para o departamento de RH da empresa e perguntou. O responsável lhe disse que uma simples resposta a uma pergunta não determinava se o candidato era apto ou não, que tinha mais a ver com a boa compatibilidade com os entrevistadores e que talvez não fosse para ser — uma resposta típica, mas reconfortante. Mais relaxada, Jiyoung quis saber se as duas que tinham sido entrevistadas com ela haviam passado. Não guardava rancor ou nada parecido, só queria mesmo saber, para usar a informação no futuro. E o funcionário do RH hesitou.

— Para falar a verdade, estou desesperada.

As outras duas também não tinham passado, foi a resposta.

— Entendo.

Jiyoung se abateu. *Se eu ia ser reprovada de qualquer jeito, devia ter sido mais incisiva.*

— Eu quebraria a porra do braço dele! — gritou Jiyoung para o espelho mais tarde. — E você! Sua pergunta é assédio sexual! E perguntar isso durante uma entrevista de emprego? Você faria essa pergunta para os candidatos homens?

Isso não a fez se sentir melhor. Deitou-se na cama frustrada e indignada, chutando os cobertores que se agarravam a suas pernas.

Depois disso, Jiyoung foi a inúmeras entrevistas, nas quais os entrevistadores fizeram referência à sua aparência física ou comentários indecentes sobre sua roupa, lançaram olhares obscenos sobre determinadas partes de seu corpo e a tocaram gratuitamente. Nenhuma levou a uma contratação. Ela se perguntou se deveria adiar a formatura. Trancar o curso, fazer um intercâmbio ou uma série de outras coisas para ganhar tempo, mas o semestre avançou e a formatura continuou sendo sua única opção.

Tanto a mãe quanto a irmã mais velha aconselharam Jiyoung a não ficar ansiosa, mas era impossível. Yun Hyejin começou a estudar para um concurso público e sugeriu que a amiga se juntasse a ela, mas Jiyoung não conseguiu se decidir. Não se sentia confiante com o formato da prova, e investir tempo para estudar para o concurso àquela altura da vida e, caramba, reprovar ano após ano significaria envelhecer sem uma experiência de trabalho e acabara sem opções. Jiyoung seguiu se candidatando a vagas, abaixando seus critérios aos poucos e, em meio ao desespero, começou a sair com um cara. Ao mencionar o fato discretamente à irmã, ela a encarou por um instante e balançou a cabeça.

— No seu estado? De onde você tira disposição emocional? Minha nossa!

— Boa pergunta. — Jiyoung riu.

Relacionamentos amorosos costumam terminar em situações de estresse, mas foi quando ela encontrou alguém de quem gostava, simples assim. Lá fora, a neve precoce rodopiava no ar e a fazia se lembrar de um poema que tinha lido havia muito tempo:

Não conheço a solidão, pobre que sou?
No caminho de volta após te deixar, ruelas cobertas de neve se inundam do azul do luar.

O namorado e Yun Hyejin eram amigos de infância. Ele era um ano mais velho que Jiyoung, mas ainda estava na faculdade após cumprir o serviço militar. Era mais compreensivo e empático com sua situação do que qualquer outra pessoa. Não oferecia otimismo infundado (*Vai ficar tudo bem!*), incentivo impetuoso (*E daí se você não for contratada assim que terminar a faculdade?*) ou a culpa habitual (*Esse é seu currículo? O que você tem feito da vida?*). Ele a deixava em paz, ajudava com o que podia e lhe dava uma bebida se o resultado fosse ruim.

Dois dias antes da formatura, a família Kim estava tomando café da manhã, todos juntos pela primeira vez em um bom tempo. O pai estava deliberando se fechava a lanchonete para a formatura da segunda filha ou se abria apenas à noite, quando Jiyoung anunciou que não iria à cerimônia. O pai deu-lhe uma bronca, insinuando inclusive que a garota estava "fora de si", o que teve pouco impacto sobre ela. Seus nervos estavam em frangalhos e reagiam apenas à frase "Lamentamos informar"; nenhuma outra palavra ou censura era capaz de atingi-la.

A falta de reação de Jiyoung à bronca levou o pai a dizer:

— Só não se meta em problemas e dê um jeito de se casar.

Não era a pior coisa que ele já tinha lhe dito, mas foi a gota d'água para Jiyoung, que segurava a colher na vertical. Ela tentava respirar fundo quando um estalo ensurdecedor, como uma picareta golpeando uma pedra, ecoou. A mãe, com o rosto vermelho, tinha batido a colher na mesa.

— Como você pode dizer uma coisa tão retrógrada nos dias de hoje? Jiyoung, se meta, *sim*, em problemas. Corra livre! Corra, você está me ouvindo?

Jiyoung assentiu enfaticamente para acalmar a mãe histérica com um consentimento genuíno. O pai, atordoado, teve um acesso de soluços. Foi a primeira e única vez que Jiyoung viu o pai soluçar. Em uma noite de inverno muito tempo antes, a família estava sentada ao redor de um escorredor cheio de batata-doce cozida, comendo a polpa de amido, quando a mãe, Eunyoung, Jiyoung e o irmão mais novo soluçaram, nessa ordem, mas não o pai. Ela se lembrou da família rindo disso. Assim como a princesa-sereia que perdeu a voz em troca de pernas, será que os homens de meia-idade perdem o soluço em troca de ideias retrógradas? O feitiço da bruxa atravessou a mente de Jiyoung. A raiva da mãe colocou uma rolha na boca do pai e restabeleceu seus soluços.

Naquela noite, uma agência de marketing aonde Jiyoung tinha ido para uma entrevista enviou uma oferta de emprego. Medo, autocensura e desamparo, acumulados até onde a tensão superficial permitia, viraram lágrimas e fluíram sem parar quando ela ouviu "Parabéns" ao telefone. O namorado foi a pessoa que ficou mais feliz com a notícia.

A tensão aliviou, Jiyoung e os pais foram à formatura e o namorado também. Os pais o conheceram nesse dia. Eles não entraram no local onde a cerimônia estava acontecendo, então não tinham muito mais a fazer a não ser caminhar pelo *campus* juntos, tirar fotos e encontrar um café para descansar as pernas e beber alguma coisa. Todo o *campus* estava cheio e barulhento, inclusive o café. O namorado pediu quatro tipos diferentes da bebida, falando alto para ser ouvido em meio ao tumulto, acertou de quem era cada um dos pedidos e colocou um guardanapo de dobra cônica fofa ao lado do café com leite da mãe. O pai questionou ditatorialmente o rapaz quanto a formação, moradia e família, e o rapaz deu respostas educadas e meticulosas. Jiyoung teve de manter a cabeça baixa e morder o lábio para não cair na gargalhada.

Sem mais nada a dizer, o silêncio se impôs sobre os quatro por um instante. O pai sugeriu que comessem alguma coisa e a mãe se aproximou e sussurrou alguma coisa para o marido. Ele limpou a garganta algumas vezes, deu o cartão de crédito a Jiyoung e disse de modo ensaiado, mantendo um olho na esposa para confirmar que estava falando certo:

— Está na hora de irmos abrir a lanchonete, por que vocês não aproveitam?

A mãe apertou a mão do namorado e disse:

— Foi um prazer conhecer você. Não podemos ficar, infelizmente, mas que tal se vocês comessem alguma coisa gostosa, assistissem a um filme e curtissem uma noite agradável? Passem na lanchonete depois.

A mãe enlaçou o braço no do pai e o arrastou para casa. O namorado fez uma reverência tão profunda enquanto eles se afastavam que sua testa quase tocou o chão. Jiyoung explodiu em uma gargalhada.

— Minha mãe não é uma graça? Ela acabou com essa reunião, *Oppa*, para que você não ficasse com vergonha.

— É, imaginei. Aliás, qual é o melhor prato do cardápio da lanchonete de vocês?

— Qualquer coisa é melhor do que a comida que minha mãe prepara. Ela não é uma boa cozinheira. Mas eu tive uma criação saudável à base de comida pronta, pedidos para levar e o que quer que mamãe trouxesse da loja.

A universidade e os arredores estavam lotados demais, então eles pegaram o metrô e foram até Gwanghwamun. Como a mãe sugeriu, os dois fizeram uma boa refeição, assistiram a um filme e passaram em uma livraria para comprar um livro cada. O namorado ficou incomodado com o fato de comprar um livro com o cartão de crédito do pai dela, além de todo o restante, mas Jiyoung insistiu dizendo que ele amava comprar livros para os filhos. No fim, o rapaz escolheu um livro em que estava de olho, mas pelo qual não podia pagar. Quando subiram os degraus que levavam para fora da livraria, aos risos, cada um com um livro do tamanho de uma enciclopédia, a neve caía.

Flocos de neve caíam do breu do céu, como um presente para cada uma das pessoas lá embaixo. Uma brisa soprava de vez em quando, espalhando-os em todas as direções. O namorado disse que, se você pegar um floco de neve no ar e fizer um pedido, ele se realiza, e estendeu a mão aqui e ali, mas os flocos escaparam por um triz todas as vezes. Após várias tentativas, ele conseguiu que um floco grande e quase hexagonal pousasse suavemente na ponta de seu indicador. Jiyoung perguntou qual tinha sido seu pedido.

— Pedi que dê tudo certo no seu primeiro emprego... Que não seja desafiador, desmoralizante ou exaustivo demais. Que mantenha um bom relacionamento com os colegas, receba o salário sem drama e me pague muitos jantares.

Jiyoung sentiu como se seu coração estivesse coberto de neve: repleto, mas arejado; aconchegante, mas frio. Estava decidida a lidar bem com essa nova fase, a mantê-la menos desafiadora, desmoralizante e exaustiva, como o namorado dissera, mas, ao mesmo tempo, correndo tão livre quanto a mãe esperava que fizesse.

Kim Jiyoung saiu para almoçar com o crachá da empresa pendurado em um cordão. Outros pareciam caminhar por ali com o crachá no peito só porque era um incômodo ficar tirando e guardando, mas Jiyoung saiu com ele de propósito. Ao meio-dia em um bairro movimentado cheio de prédios de escritórios, Jiyoung com frequência cruzava com pessoas usando cordões grossos com o nome da empresa e um crachá de plástico transparente balançando na ponta. Este era o sonho: caminhar com um grupo de pessoas que usasse crachás, segurando a bolsa e o celular na mesma mão, falando sobre o cardápio do almoço.

O setor em que Jiyoung trabalhava tinha um espaço considerável, com cerca de cinquenta funcionários. Quanto mais próximo da gerência, maior a porcentagem de funcionários do sexo masculino, mas no geral o escritório tinha mais mulheres do que homens. Os colegas eram autossuficientes e práticos o bastante, e o clima era agradável. Mas havia muito trabalho a fazer, e eles não pagavam hora extra. Havia quatro funcionários novos, incluindo Jiyoung: duas mulheres e dois homens. Recém--saída da faculdade e sem nunca ter trancado os estudos na vida, Jiyoung era uma novata e literalmente a mais jovem.

Jiyoung preparava o café para a equipe todas as manhãs de acordo com o gosto de cada um, arrumava a mesa sempre que eles saíam para comer, andava pelo escritório com um bloco anotando o pedido de todos quando precisavam pedir comida e tirava os pratos quando eles terminavam. Era responsabilidade da novata ler as notícias todas as manhãs, encontrar tudo o que fosse relacionado aos clientes da empresa, fazer uma análise simples e entregar um relatório. Um dia, a líder da equipe leu o relatório e chamou Jiyoung à sala de reuniões.

Kim Eunsil era a única mulher entre os quatro líderes de equipe. Tinha uma filha no ensino fundamental e morava com a mãe, que cuidava de tudo relacionado à criança e às tarefas domésticas. Alguns diziam que Kim Eunsil era incrível; outros, que tinha um coração de pedra; e outros, ainda, creditavam o mérito ao marido dela.

— Morar com os pais do cônjuge é mais difícil para os maridos do que para as esposas — diziam. — O conflito entre homens casados e sogros vem se tornando um problema social. Não o conheço, mas ele deve ser muito compreensivo por acolher a sogra.

Jiyoung pensou na própria mãe, que vivera com a sogra durante dezessete anos. A avó cuidava do irmão mais novo quando a mãe saía para prestar seus serviços de cabeleireira, mas não assumia nada relacionado a alimentar, dar banho ou colocar os três netos para dormir. Mal fazia outras tarefas domésticas. Comia o que a mãe cozinhava, usava roupas que a mãe lavava e dormia no quarto que a mãe limpava. Mas ninguém elogiava a mãe por ser compreensiva.

A líder da equipe, Kim Eunsil, elogiou Jiyoung pelo relatório:

— Tenho acompanhado seu progresso. Você tem um bom olho para selecionar artigos e sua análise é bastante relevante. Continue assim.

Jiyoung recebeu o primeiro elogio na primeira tarefa no primeiro emprego. Viu nisso uma ótima fonte de energia sempre que desse de cara com um obstáculo futuro em sua carreira. Um pouco satisfeita, um pouco orgulhosa, mas sem se mostrar contente demais, Jiyoung agradeceu.

— Você não precisa preparar meu café a partir de agora — continuou a líder de equipe com um sorriso — nem arrumar meus talheres quando saímos para comer nem tirar meu prato.

— Me desculpe se exagerei.

— Não precisa se preocupar. É que isso não é seu trabalho, Jiyoung. Percebi isso nos novos funcionários ao longo dos anos. As mulheres assumem todo o fardo das tarefas menores sem que ninguém peça, e os homens nunca fazem isso. Não importa se são novos na empresa ou mais jovens... eles nunca fazem nada que não lhes é pedido. Mas por que as mulheres logo assumem essas tarefas?

Kim Eunsil estava na empresa desde que eram só três funcionários. Ver a empresa e os colegas crescerem inflamou sua confiança e seu orgulho. Os homens que trabalhavam lá quando ela começou agora eram líderes de equipe em departamentos de marketing de empresas maiores ou tinham aberto o próprio negócio. De qualquer forma, ainda estavam na ativa, enquanto nenhuma das colegas do sexo feminino continuava na área. Para ser aceita como "uma dos caras", ela era a última a sair de um jantar da empresa, se oferecia para trabalhar até mais tarde e viajar a negócios e voltou a trabalhar um mês após o parto. No início, tinha orgulho de si mesma, mas entrava em conflito sempre que colegas do sexo feminino e mulheres que trabalhavam em sua equipe deixavam o emprego, e nesses dias achava que tinha falhado com elas. Pensando bem, jantares eram eventos desnecessários, e as noites trabalhando até tarde e as viagens eram questões que deveriam ser resolvidas com mais contratações. Os funcionários tinham o direito de tirar férias ou licença para ter e cuidar dos filhos, mas sem querer ela havia estabelecido um precedente ruim. A primeira coisa que fez ao chegar à gerência foi se livrar de jantares, retiros e *workshops* desnecessários. Garantiu licença-maternidade e licença-paternidade. Disse que nunca ia esquecer quanto se sentiu orgulhosa ao dar um buquê de flores de presente de boas-vindas a uma funcionária que voltava de uma licença-maternidade de um ano pela primeira vez na história da empresa.

— Quem é? — perguntou Jiyoung.

— Ela saiu alguns meses depois.

A líder da equipe não conseguiu ajudar com as noites e os fins de semana de trabalho, que eram frequentes. A maior parte de seu salário era para pagar a babá, e mesmo assim ela sempre procurava alguém para cuidar da filha em cima da hora e brigava com o marido ao telefone todos os dias. Ela levou a filha para a empresa um fim de semana e acabou jogando a toalha. Quando a subordinada pediu desculpas por deixá-la, Kim Eunsil não soube o que dizer.

Kim Jiyoung recebeu a primeira missão oficial no trabalho: elaborar um comunicado de imprensa baseado nos resultados da avaliação dos níveis de poluição de artigos de cama conduzida por uma empresa ecológica do ramo. Ela ficou acordada até tarde por várias noites escrevendo um relatório de duas páginas porque queria que o resultado ficasse muito, muito bom. A líder da equipe disse que o relatório estava bom. Estava bom, mas parecia um artigo.

— Não escrevemos artigos, escrevemos relatórios que façam com que repórteres queiram escrever artigos. Por favor, revise — disse ela, e Jiyoung passou a noite em claro mais uma vez.

A líder da equipe disse novamente que o relatório estava bom. Foi lançado sem nenhuma grande correção e usado por jornais, uma revista para donas de casa e até mesmo um canal de notícias. Jiyoung não preparava mais o café nem arrumava a mesa quando todos saíam para almoçar. Ninguém comentou nada a respeito.

O trabalho, por um lado, era divertido, e ela gostava dos colegas. Com repórteres, clientes e equipes internas de marketing de empresas clientes, por outro lado, era diferente. O tempo, a experiência e a familiaridade com o trabalho e a área não ajudaram a fazer das interações menos desajeitadas ou a diminuir a distância entre eles. A agência de marketing era contratada para auxiliar os clientes, geralmente homens mais velhos que ocupavam cargos altos de gerência e gostavam de esfregar seu senso de humor antiquado na cara dela. Implacáveis, as piadas continuavam surgindo, e Jiyoung não entendia qual era a graça nem sabia o que responder. Se ela ria, eles entendiam como incentivo e continuavam. Se ela não ria, eles perguntavam se ela tinha algum problema.

Em um almoço de negócios em um luxuoso restaurante coreano, Jiyoung pediu molho de pasta de soja com arroz. O chefe da empresa cliente então disse:

— Uma jovem que gosta de molho de pasta de soja! Eu não sabia que você também era uma *doenjangnyeo*, srta. Kim! Haha!

Doenjangnyeo, ou "mulher da pasta de soja", era um entre vários cruzamentos vocabulares misóginos populares na Coreia que terminavam com *nyeo* — mulher. Jiyoung não sabia se a intenção dele era ser engraçado ou se ele estava tirando sarro dela ou se ele tinha noção do que aquela palavra significava. O gerente riu, então sua equipe teve de rir, e, como o cliente estava rindo, Jiyoung e um colega mais velho que também estava lá deram um sorriso sem jeito e mudaram de assunto. Assim as coisas seguiram.

Depois veio o jantar de negócios com o departamento de marketing de uma empresa média. Jiyoung e a líder da equipe supervisionaram o evento de aniversário da empresa desde as estratégias de planejamento até a execução e a distribuição do comunicado de imprensa, e o departamento de marketing convidou Jiyoung e a equipe para agradecer pelo trabalho bem-sucedido. No táxi a caminho da churrascaria em uma região universitária onde o departamento de marketing já estava comendo sem elas, Kim Eunsil pronunciou cada palavra pausadamente:

— Eu. Não. Quero. Ir… Se eles querem tanto agradecer, por que não mandam dinheiro ou presentes? Será que não sabem quanto uma situação como essa é constrangedora para nós? Comer e beber com eles como "agradecimento pela dedicação"? Eles não sabem que enxergamos perfeitamente o que está por trás disso? Que eles querem mais uma vez nos tratar como criadas? Meu Deus, eu odeio isso. Mas é só mais uma refeição e acabou.

O departamento de marketing da empresa cliente era formado pelo chefe, na casa dos cinquenta anos, pelo gerente administrativo, na casa dos quarenta, pelo supervisor, na casa dos trinta, e pelas três funcionárias, na casa dos vinte. Três pessoas da empresa de Jiyoung compareceram: Eunsil, a líder da equipe, Jiyoung e o colega que a ajudou durante o evento. O chefe do departamento já devia ter tomado algumas, pois tinha o rosto vermelho e expressou um entusiasmo exagerado com a chegada de Jiyoung. O gerente administrativo, sentado ao lado dele, pegou o copo de cerveja e os talheres e se levantou, gesticulando para Jiyoung se sentar ao lado do chefe, que deu uma gargalhada entusiasmada e elogiou o "sr. Han" por sua capacidade de "ler minha mente!". Jiyoung se sentiu constrangida e humilhada; tomar o assento ao lado dele era a última coisa que queria fazer. Insistiu repetidamente em se sentar com os colegas, mas o tal sr. Han e o gerente administrativo a guiaram até a cadeira ao lado do chefe. Seu colega, um dos três que entraram na empresa na mesma época que ela, não pôde fazer muito além de assistir à cena com nervosismo. Jiyoung já estava sentada ao lado do chefe quando Kim Eunsil chegou após ter dado uma passada no banheiro. Jiyoung bebeu vários copos de cerveja por insistência do homem.

O chefe, nomeado apenas três meses após subir os degraus do departamento de desenvolvimento de produtos, ofereceu-lhe uma infinidade de conselhos "que vinham da experiência", inclusive elogios atravessados como "Você tem um queixo bonito e um nariz atraente, só precisa consertar as pálpebras para ficar no ponto". Ele perguntou se ela estava namorando e soltou imoralidades como "Não tem graça marcar sem goleiro!" e "Quando as mulheres se soltam, não há quem as segure!". Ele não parava de forçá-la a beber.

— Eu já passei do meu limite, a volta para casa vai ficar comprometida, chega — disse ela.

— Por que está tão preocupada se todos esses caras aqui podem acompanhar você até em casa?

Vocês são minha maior preocupação, pensou ela enquanto esvaziava discretamente o próprio copo em outros copos e tigelas vazios que estavam na mesa.

Um pouco depois da meia-noite, ele encheu o copo dela e cambaleou ao se levantar. Contratou um motorista pelo celular, falando tão alto que o som ricocheteou nas paredes do restaurante, e disse à equipe:

— Minha filha frequenta a universidade aqui da região. Ela estava estudando até tarde na biblioteca e quer que eu vá buscá-la porque está com medo de ir para casa sozinha. Peço desculpas a todos, mas preciso ir. Srta. Kim Jiyoung, termine essa cerveja!

Com isso, um resquício frágil de esperança dentro de Jiyoung se desfez. *Em alguns anos, sua preciosa filha vai estar exatamente onde eu estou agora. A não ser que pessoas como você parem de me tratar assim.* O álcool subiu de repente, e ela mandou uma mensagem para o namorado pedindo a ele que fosse buscá-la, mas não houve resposta.

As coisas se acalmaram depois que o chefe do departamento foi embora. As pessoas conversavam em pequenos grupos, alguns saíram para fumar e a única mulher da equipe de marketing foi embora sem dizer uma palavra. Alguns sugeriram que era hora de mais uma rodada, mas Kim Eunsil foi firme e tirou os três do restaurante em segurança. Ela foi a primeira a partir em um táxi, dizendo que a mãe estava doente, e Jiyoung e o colega beberam café em lata sob o guarda-sol do lado de fora de uma loja de conveniência. Jiyoung foi quem sugeriu, imaginando que o café gelado poderia deixá-la um pouco mais sóbria, mas ir embora do jantar de negócios constrangedor a deixou tão relaxada que ela pegou no sono várias vezes. No fim, desmaiou na mesa de plástico suja de lámen e não se levantava, por mais que o colega a chutasse por debaixo da mesa e gritasse com ela.

O namorado escolheu esse momento para ligar. Ela estava em um sono profundo e o colega pegou o celular para pedir que ele fosse buscá-la, mas isso foi um erro.

— Oi, eu trabalho com Jiyoung.

— Onde ela está?

— Ela está dormindo, por isso atendi.

— Dormindo? Como assim? Quem é você?

— Não! Não! Não é o que parece! Ela bebeu de...

— Passe a porcaria do celular para ela!

Jiyoung chegou em casa apoiada no namorado, em segurança, mas o relacionamento deles não.

Por sorte, Jiyoung tinha bons colegas e estava se ajustando relativamente bem ao primeiro emprego, que não era tão desafiador, desmoralizante ou exaustivo quanto ela havia esperado. E ela pagara muitos jantares para o namorado. Comprara uma mochila, roupas e uma carteira para ele e, às vezes, lhe dava dinheiro para o táxi. O namorado, por sua vez, perdera tempo esperando por ela. Esperara pelo fim do expediente, por um dia de folga para passarem juntos e pelas férias dela. Como novata, Jiyoung não conseguia decidir quando tirar folga, e o namorado teve de esperar que ela confirmasse as datas.

Esperara por ligações e mensagens. O tempo que eles passavam ao telefone conversando ou mandando mensagem diminuiu bastante depois que ela começou a trabalhar. Ele exigira saber por que ela não podia mandar uma mensagem rápida quando estava em deslocamento, no banheiro, no restaurante depois do almoço ou em um minuto ou dois entre as tarefas. Não que Jiyoung não tivesse tempo — ela não tinha espaço na cabeça para outros pensamentos. Ela conhecia muitos casais em que um trabalhava e outro estudava, que tinham o mesmo problema. Independentemente de ser o homem ou a mulher aquele que trabalhava.

Jiyoung já se sentia culpada por não poder ajudar o namorado, que agora estava no último ano da faculdade se preparando para o primeiro emprego. Ela se lembrava com muita clareza de quanto ele a tinha apoiado quando fora a vez dela. Quando pensava naqueles dias, ainda se sentia tão apaixonada que chegava a doer. Mas a vida diária era um campo de batalha e ela não podia se dar ao luxo de se dedicar ao bem-estar de outra pessoa quando estava correndo o risco de ser prejudicada caso baixasse a guarda. A decepção se acumulou entre eles como poeira sobre a geladeira ou o armário do banheiro — manchas claramente visíveis, mas negligenciadas. Eles já estavam meio afastados quando o incidente do desmaio na loja de conveniência provocou uma briga enorme.

Ele sabia que era a primeira vez que Jiyoung tinha bebido até desmaiar em um jantar de negócios, que ela tinha sido forçada a beber e que não estava acontecendo nada entre ela e o cara que atendeu ao telefone. Ele sabia muito bem, mas isso não importou. Sobre os sentimentos negligenciados por tanto tempo, a ponto de estarem desidratados e rachados, uma pequena faísca caiu e reduziu instantaneamente a cinzas o romance mais reluzente da juventude.

Arranjaram alguns encontros para Jiyoung depois disso, e com alguns ela até chegou a ter um segundo encontro. Os caras eram todos muito mais velhos, estavam mais avançados na carreira e provavelmente tinham rendas mais altas. Eles pagavam por jantares, entradas de cinema e teatro e lhe davam presentes — triviais e generosos —, como os que Jiyoung dava ao namorado. Mas ela não se sentiu próxima de nenhum deles a ponto de o relacionamento evoluir.

A empresa estava reunindo uma equipe de planejamento. A dinâmica até então vinha sendo encontrar clientes no boca a boca e atender a pedidos isolados, mas era chegada a hora de planejarem campanhas publicitárias e recrutarem clientes com quem pudessem manter um trabalho contínuo. A ideia era que fossem projetos de longo prazo, não isolados. A empresa chegara a um impasse no qual as limitações de uma agência de marketing a colocavam em posição de contratada que esperava passivamente que o trabalho chegasse. A equipe de planejamento, caso não obtivesse sucesso imediato, poderia estabelecer uma posição mais proativa com os clientes, gerando assim um fluxo de receitas mais estável e maior crescimento. A maioria das pessoas do escritório ficou intrigada com esse novo empreendimento, e Jiyoung não era exceção. Ela informou Kim Eunsil, que lideraria a nova equipe, que tinha interesse em se juntar a ela.

— É, você seria boa nisso. — Foi a resposta positiva, mas ela acabou não conseguindo uma vaga.

Três gerentes de nível intermediário famosos pela competência e os dois colegas do sexo masculino que entraram na empresa junto com Jiyoung foram designados para a equipe de planejamento. A empresa tratava a equipe de planejamento como um esquadrão de elite, o que fez com que Jiyoung e a outra funcionária que fora contratada na mesma época que ela, Kang Hyesu, se sentissem prejudicadas. Desde o início, as duas tinham estabelecido uma boa reputação no trabalho. Os funcionários mais velhos brincavam abertamente que haviam contratado dois homens e duas mulheres na mesma época e segundo os mesmos critérios, mas os dois caras tinham uma curva de aprendizado mais acentuada pela frente. Eles não eram incompetentes, mas ficavam com os clientes mais fáceis.

Os quatro eram bastante próximos e nunca se desentenderam apesar de terem personalidades muito singulares, mas uma estranha ruptura se formou entre eles no momento em que os dois caras foram para a equipe de planejamento. O chat do grupo, que tocava constantemente durante o trabalho, parou. As pausas breves e secretas para um café, os encontros na hora do almoço e as noites no bar também chegaram ao fim. Quando se encontravam no corredor, eles tentavam não estabelecer contato visual e se cumprimentavam com acenos de cabeça sem jeito. Kang Hyesu, a mais velha dos quatro, finalmente se irritou e organizou uma noite no bar.

Eles beberam até bem tarde, mas ninguém ficou bêbado. As noites no bar eram encontros casuais cheios de piadas idiotas, queixas sobre o trabalho, risadas e fofocas sobre integrantes das respectivas equipes, mas o clima naquela noite estava sério desde o início, quando Kang Hyesu se abriu sobre um breve romance com alguém do escritório:

— Acabou. Pelo amor de Deus, não me perguntem com quem era, não tirem conclusões precipitadas e não contem para ninguém. Estou morrendo por dentro ultimamente. Me consolem.

Jiyoung repassou mentalmente a lista de solteiros do escritório até que a ideia de que talvez ele não fosse solteiro lhe deu uma enxaqueca repentina. Os dois caras viraram a cerveja. Um deles falou sobre sua preocupação com o irmão mais novo, que se formara no ano anterior e não conseguira emprego. Ele mesmo ainda estava pagando o empréstimo estudantil e não tinha certeza se o irmão mais novo, cuja quantia devida era ainda maior, um dia conseguiria quitar a dívida.

— É a noite da confissão? — perguntou o outro, coçando a cabeça. — Minha vez. Sinceramente, acho que eu não devia estar na equipe de planejamento.

Jiyoung descobriu muitas coisas naquela noite. A equipe de planejamento foi escolhida pelo diretor da empresa em pessoa. Os gerentes de nível médio competentes foram selecionados porque a nova equipe precisava de uma base sólida, e os homens foram escolhidos porque era um projeto de longo prazo. O diretor sabia que a natureza e a intensidade do trabalho de uma agência de marketing dificultavam o equilíbrio entre a vida pessoal e a profissional, principalmente quando filhos entravam em jogo, e não pensava nas funcionárias mulheres como possíveis colegas de longo prazo. Ele também não tinha intenção de melhorar a carga horária e os benefícios dos funcionários. Considerava mais econômico investir em empregados que durariam no ambiente de trabalho do que tornar esse ambiente mais acolhedor. Era este o raciocínio por trás de dar os clientes mais difíceis para Jiyoung e Kang Hyesu. Não era pela competência; a gerência não queria cansar os possíveis colegas homens de longo prazo logo no início.

Jiyoung estava em pé no meio de um labirinto. Com consciência e calma, procurava por uma saída que nem sequer existia. Confusa e a ponto de desistir, ela foi aconselhada a tentar, tentar mais uma vez; atravessar as paredes, se fosse preciso. As receitas conduzem o homem de negócios, e não podemos culpar alguém por querer o rendimento máximo com um investimento mínimo. Mas é certo priorizar eficiência e balancetes de curto prazo? Quem serão os últimos a resistir em um mundo com tais prioridades? Eles serão felizes?

Ela também descobriu que os caras ganhavam mais desde o início, mas essa informação teve muito pouco impacto em Jiyoung, que já tinha preenchido sua cota diária de choque e decepção. Ela não estava certa de que seria capaz de seguir o exemplo da gerência e dos funcionários mais antigos e confiar que se dedicar era a resposta, mas, quando a manhã chegou e o efeito do álcool passou, ela foi para o escritório como era de hábito. Encarou como sempre as tarefas que lhe deram. Mas a motivação e a confiança com certeza estavam abaladas.

A disparidade salarial na Coreia é a mais alta entre as nações da Organização para a Cooperação e Desenvolvimento Econômico. De acordo com dados de 2014, as mulheres trabalhadoras da Coreia ganham só 63% do que os homens ganham; a média da OCDE é de 84%.[12] A Coreia

[12] GENDER Wage Gap [Hiato salarial entre os gêneros], OCDE , 2014.

também é o pior país para as mulheres trabalhadoras, tendo alcançado as piores pontuações entre as nações analisadas pelo índice teto de vidro da revista britânica *The Economist*.[13]

[13] THE BEST and Worst Places to Be a Working Woman [Os melhores e os piores lugares para uma mulher trabalhar]. *The Economist*, mar. 2016.

Casamento, 2012-2015

Os pais dos noivos se conheceram em um agradável restaurante coreano em Gangnam, próximo ao terminal de ônibus. "É um prazer conhecer vocês, devem estar exaustos da viagem" e outras sutilezas foram seguidas de um silêncio acanhado. A mãe de Jung Daehyun de repente começou a elogiar Kim Jiyoung, com quem só tinha se encontrado duas vezes. *Ela é equilibrada, amável e ajuizada. Ela lembrou que eu não bebia café e trouxe chá em nosso encontro seguinte e percebeu que eu estava ficando gripada só de falar comigo ao telefone.* O chá tinha sido recomendação do vendedor com base na faixa de preço fixada por Jiyoung, e ela disse algo sobre um resfriado porque era a época do ano em que a estação mudava e muitas pessoas acabavam ficando gripadas. Não tinha percebido nada de diferente na voz dela. Jiyoung ficou tensa ao saber que suas ações mais insignificantes podiam ser interpretadas de tantas formas.

— Você é muito gentil — respondeu a mãe de Jiyoung, sorrindo orgulhosa, feliz ao ouvir a futura sogra elogiar sua filha. — Ela já está bem crescida, mas não entende muito sobre como cuidar de uma casa.

Ela brincou como se quisesse dar desculpas — "Minhas filhas nunca tiveram oportunidade de aprender... É minha culpa por não ser capaz de deixar uma tarefa por fazer... Mas eles não vão passar fome, não é?" — e a mãe de Daehyun concordou. As duas ficaram um bom tempo falando sobre como as filhas só tinham estudado e trabalhado sem nunca terem ajudado em casa.

— Todos se atrapalham no início. A gente melhora com a prática. Jiyoung vai se sair bem — concluiu a mãe de Daehyun.

Não, eu não acho que vou me sair bem, pensou Jiyoung consigo mesma. *Oppa sabe como cuidar da casa depois de ter passado anos morando sozinho e garantiu que vai cuidar de tudo quando nos casarmos.* Mas tanto Jiyoung quanto Daehyun apenas sorriram.

Com suas economias, a caução *Jeonse* que Daehyun tinha depositado pelo apartamento onde morava, mais um pequeno empréstimo, o casal alugou um apartamento de 80 metros quadrados, comprou móveis e pagou pelo casamento e pela lua de mel. Graças ao depósito considerável de Daehyun e à atitude regrada do casal no que dizia respeito ao dinheiro, eles conseguiram se casar sem pedir ajuda aos pais. Os dois haviam começado a trabalhar por volta da mesma época e Jiyoung não precisara pagar aluguel ou outras contas fixas, uma vez que morava com os pais, mas Daehyun tinha economizado muito mais. Isso não foi uma surpresa para Jiyoung porque o salário dele era mais alto, ele trabalhava para uma empresa maior e o setor de marketing era famoso pelos salários baixos, mas, quando percebeu exatamente quanto mais ele tinha conseguido economizar, ela se sentiu um pouco desmoralizada.

A vida de casados era melhor do que ela esperava. Os dois saíam tarde do trabalho e frequentemente trabalhavam nos fins de semana, o que significava que, por muitos dias, eles não conseguiam nem sequer fazer uma refeição juntos. Mas às vezes pegavam a última sessão no cinema e, nos fins de semana de folga, dormiam até mais tarde e assistiam a programas sobre filmes enquanto comiam torradas que Daehyun preparava. Dias assim pareciam um encontro ou que estavam brincando de casinha.

Na quarta-feira que marcou o aniversário de um mês da cerimônia de casamento, Jiyoung pegou o último trem para casa, e Daehyun chegou excepcionalmente cedo, preparou um macarrão instantâneo, lavou a louça, limpou a geladeira e dobrou as roupas recém-lavadas enquanto assistia à televisão. Quando Jiyoung entrou em casa, ele estava esperando por ela sentado à mesa de jantar com um pedaço de papel. Era o formulário para registrar o casamento perante a lei. Ele o tinha baixado e imprimido no trabalho e pedido a dois colegas que assinassem como testemunhas. Jiyoung não conseguiu conter o riso.

— Por que a pressa? Fizemos a cerimônia e moramos juntos. Nada vai mudar por causa de um documento.

— Vai mudar o modo como nos sentimos.

Jiyoung ficou estranhamente emocionada com sua pressa por legalizar o casamento. Ela vinha se sentindo bem, extasiada e flutuando, como se algo mais leve que o ar tivesse preenchido seus pulmões ou seu estômago. A resposta de Daehyun à sua pergunta alfinetou seu coração como uma agulha curta e fina, abrindo um buraco microscópico. O ar escapou devagar, pouco a pouco, e a trouxe de volta ao chão. Ela não achava que procedimentos legais pudessem mudar como ela se sentia. Será que Daehyun estava mais comprometido por querer legalizar o casamento ou será que ela é que era mais dedicada por achar que sempre sentiria o mesmo, fosse oficializado ou não? Jiyoung enxergou o marido sob uma nova luz — mais firme, mas estranhamente mais distante.

O casal preencheu o formulário à mesa do jantar diante do laptop. Daehyun desenhou cada traço olhando para o laptop para registrar o local de origem de sua família no formulário, e Jiyoung não se saiu melhor. Aquela era provavelmente a primeira vez em que escrevia o ideograma da origem de sua família. Daehyun tinha pedido as informações aos pais de antemão, por isso preencheram essa seção sem dificuldade. Então chegaram à seção cinco: "Você concorda que seu filho adote o nome e o local de origem da família da mãe?"

— O que você quer fazer a respeito disso?

— Do quê?

— Do número cinco.

Daehyun leu a pergunta em voz alta, olhou para Jiyoung e disse casualmente:

— Eu acho que "Jung" é um bom sobrenome.

No fim dos anos 1990, a disputa a respeito do sistema *hoju* (o esquema tradicional de registro das famílias, no qual todos os membros devem ser registrados segundo o patriarcado) se acirrou com o surgimento de organizações que defendiam sua abolição. Algumas pessoas usavam o sobrenome do pai e da mãe publicamente, e algumas celebridades revelaram lembranças de infância dolorosas de bullying por ter um sobrenome diferente do sobrenome do pai. Na época, um programa de TV bastante popular sobre uma mãe solo que corria o risco de perder a guarda do filho, criado apenas por ela, para um pai desocupado ensinou a Jiyoung o absurdo que era o sistema *hoju*. Mas ainda havia quem considerasse que sua abolição transformaria familiares em estranhos e tornaria a sociedade coreana selvagem.

O sistema *hoju* foi finalmente abolido em janeiro de 2008 e substituído por uma nova lei. Isso foi possível após a Corte Constitucional considerar o *hoju* incompatível com a cláusula de igualdade de gênero inserida na Constituição em fevereiro de 2005.[14] Atualmente não existe um "registro de família", e as pessoas vivem suas vidas com o novo sistema de identificação individual. Não é mais obrigatório que um recém-nascido adote o sobrenome do patriarca, e o casal pode decidir — ao assinar o registro de casamento — dar o sobrenome e a origem familiar da mãe aos filhos. Tecnicamente é possível, mas são apenas duzentos os casos de crianças que receberam o sobrenome da mãe desde a abolição do sistema *hoju*, em 2008.[15]

— A maioria ainda recebe o sobrenome do pai. As pessoas podem pensar que a criança esconde algum segredo se ela tiver o sobrenome da mãe. Serão necessárias muitas explicações, correções e confirmações ao adotar meu sobrenome — argumentou Jiyoung, e Daehyun assentiu.

Jiyoung não se sentiu bem ao assinalar "NÃO" de próprio punho. O mundo tinha mudado bastante, mas

---

[14] THE ABOLITION of *Hoju* System: Overcoming Barriers to Equality [A abolição do sistema *hoju*: superando barreiras à igualdade]. *Policy Report of Roh Moo-hyun Administration* [Relatório de políticas da administração de Roh Moo-hyun], 2008.

[15] CAN My Last Name Decided by My Parents Be Egalitarian? [O meu sobrenome decidido por meus pais pode ser igualitário?], *Women's News*, 5 mar. 2015.

não pequenas regras, contratos e costumes, o que significava que *na verdade* o mundo não tinha mudado nada.

Ela ponderou sobre a opinião de Daehyun de que legalizar o casamento mudaria os sentimentos que um nutria pelo outro. As leis e as instituições influenciam os valores ou os valores influenciam as leis e as instituições?

Tanto os pais de Jiyoung quanto os de Daehyun estavam esperando pela "boa notícia". Pais e tios viviam tendo "sonhos auspiciosos", que os levavam a ligar para Jiyoung na manhã seguinte para saber sobre sua saúde. Alguns meses se passaram, e eles começaram a suspeitar, apreensivos, que Jiyoung tinha problemas.

Na primeira comemoração do aniversário do pai de Daehyun depois do casamento, o casal foi a Busan para almoçar e para que ela conhecesse os parentes que moravam lá. Enquanto preparavam a refeição, comiam e arrumavam a mesa, o assunto entre os mais velhos da família foi se Jiyoung tinha "boas notícias", por que não e o que eles estavam fazendo para engravidar. Jiyoung contou que não planejavam ter filhos ainda, mas os mais velhos estavam convencidos, indiferentes à contribuição dela, de que Jiyoung *não podia* engravidar, e começaram a investigar. *Ela é muito velha... Ela é muito magra... Suas mãos são geladas... Ela deve sofrer de má circulação... A espinha em seu queixo é sinal de um útero doente...* Eles concluíram que o problema era ela.

— Como é que vocês podem não fazer nada? — Uma das tias se aproximou da mãe de Daehyun. — Dê à sua nora uma caixa de ervas medicinais para fertilidade! Jiyoung deve estar ofendida com sua falta de preocupação!

Jiyoung não considerou a "falta de preocupação" ofensiva. Essas conversas, por sua vez, eram insuportáveis. *Eu sou saudável, não preciso de ervas medicinais. O planejamento familiar diz respeito a mim e a meu marido, não a parentes que eu nunca vi na vida.* Ela se conteve e disse:

— Não, não, não precisa.

O casal discutiu durante a viagem de volta de Busan para Seul. Jiyoung ficou magoada por Daehyun não tê-la defendido enquanto a família dele a tratava como se ela tivesse algum problema físico sério, e ele disse que ficara de boca fechada para não causar mais confusão e piorar a situação. Ela não conseguia entender essa lógica, e ele falou que ela estava exagerando. Ela ficou triste por ele desconsiderar seus sentimentos, tidos como um exagero, e as explicações que ele deu acabaram virando mais munição para que ela o criticasse.

Eles não fizeram nem uma parada, e, quando o carro estava estacionado no subsolo do prédio, Daehyun interrompeu o longo silêncio:

— Pensei durante todo o trajeto e acho que devo defendê-la quando minha família for injusta com você.

Porque tenho mais intimidade com eles do que você. Quando você está com sua família, você me defende também. Que tal? Me desculpe pelo que aconteceu hoje. Sinto muito.

Por causa da mudança repentina de Daehyun, Jiyoung não conseguiu mais expressar a raiva que sentia dele. Aceitou o pedido de desculpas quase com submissão, como se ela é que tivesse feito algo errado.

— E tem um jeito de parar a encheção de saco dos meus pais para sempre.

— Como?

— Vamos ter um filho logo. Se pretendemos fazer isso de qualquer forma, por que não evitar os sermões de uma vez? Não estamos ficando mais jovens.

A sugestão de Daehyun pareceu tão distraída e casual quanto "Vamos experimentar a cavala norueguesa" ou "Vamos montar um quebra-cabeça da obra *O beijo*, de Klimt". Pelo menos foi assim que soou para Jiyoung. O casal ainda não tinha conversado sobre planejamento familiar ou quando engravidar, mas os dois acreditavam que isso era um passo natural após o casamento, e era difícil argumentar contra o que Daehyun dissera. Mas ter um filho não era uma decisão tão simples para Jiyoung.

A irmã, que se casara um ano antes, não tinha filhos, assim como a maioria das amigas que se casaram mais tarde, então Jiyoung nunca tivera contato com uma grávida ou com um recém-nascido. Ela não conseguia medir o que em seu corpo ia mudar e em que grau. Mais importante, não tinha certeza se conseguiria conciliar a carreira e os cuidados com a criança. Creches e babás não seriam suficientes, uma vez que o casal sempre trabalhava até tarde e nos fins de semana. Nenhum dos avós poderia ajudar. E ela se sentiu péssima por já estar pensando em colocar o bebê sob os cuidados de outra pessoa antes mesmo de ele ter nascido. Por que ter filhos se nunca teriam tempo para se dedicar a eles, o que os faria se sentir uma decepção como pais? Observando a agonia de Jiyoung, suspiro após suspiro, Daehyun acariciou suas costas.

— Eu vou ajudar. Vou trocar fraldas, fazer as mamadeiras e ferver as roupinhas.

Jiyoung tentou explicar o melhor que podia como estava se sentindo: ansiosa por não saber se seria capaz de manter a carreira depois de ter um bebê e culpada por já estar pensando em colocar outra pessoa para cuidar do filho. Daehyun ouviu com atenção e assentiu nos momentos adequados.

— Ainda assim, pense no que você vai ganhar, não só no que vai ter de abrir mão. Pense em como é significativo e emocionante ser mãe. E se realmente não conseguirmos encontrar alguém para cuidar do bebê, na pior das hipóteses, não se preocupe em ter de pedir demissão. Eu posso cuidar de todos nós. Não vou pedir a você que saia para ganhar dinheiro.

— E do que você vai abrir mão, *Oppa*?

— Como é?

— Você disse para eu não pensar só nas coisas de que vou ter de abrir mão. Eu estaria arriscando minha juventude, minha saúde, meus colegas, minha vida social, meus planos de carreira e meu futuro. Não é à toa que só consigo pensar em tudo de que estaria desistindo. Mas e você? O que você vai perder ao ganhar um filho?

— Eu? Bem... Eu... As coisas também não vão ser as mesmas para mim. Não vou poder ver meus amigos com a mesma frequência porque precisarei voltar para casa cedo. Vou me sentir mal ao ir a jantares de negócios ou ao trabalhar até tarde. Vai ser difícil ajudar com as tarefas depois de ter trabalhado o dia todo. Além disso, você sabe, vou ter você e nosso filho. Provisão financeira! Como chefe da família. Provisão financeira! É uma responsabilidade enorme.

Ela tentou não reagir com emoção a essas palavras, mas foi difícil. A lista do que ele provavelmente deixaria de fazer parecia insignificante quando comparada ao modo como a vida dela poderia mudar.

— Você tem razão. Criar um filho vai ser difícil para você também. Mas eu tenho um emprego porque é divertido e porque eu gosto do trabalho e de receber meu próprio salário, não porque *Oppa* quer que eu ganhe dinheiro.

Por mais que tentasse, ela não pôde deixar de sentir que estava desistindo de alguma coisa.

Certa manhã, no fim de semana, o casal saiu para caminhar no arboreto que ficava nas redondezas. Uma grama branca misteriosa cobria o chão do lugar. Daehyun perguntou se existia grama branca, e Jiyoung disse que parecia algum tipo de erva. Eles caminharam por um prado, pisando suavemente na relva espessa. No meio do prado, encontraram uma coisa verde e redonda, mais ou menos do tamanho da cabeça de um bebê, saindo da terra. Eles se aproximaram e viram que era um rabanete. Um rabanete grande e reluzente que estava meio enterrado. Jiyoung se abaixou, agarrou o rabanete e puxou. E dali saiu um rabanete limpinho, quase sem nenhum grão de terra.

— Não é uma encenação daquela história infantil sobre o rabanete? — perguntou Daehyun e riu. — Que sonho estranho.

Jiyoung teve enjoos matinais terríveis — a mínima inspiração no meio de um bocejo podia fazê-la vomitar — até o finzinho da gravidez. Exceto isso, se sentia mais ou menos bem. Não teve complicações, inchaço ou tontura, mas sofria de indigestão, uma constipação que a fazia se sentir inflada e uma dor aguda na lombar de vez em quando. Ficava exausta com facilidade e, o pior de tudo, muito sonolenta.

Por razões de segurança, a empresa permitia que funcionárias grávidas entrassem no trabalho meia hora mais tarde. Quando ela anunciou a gravidez, um de seus colegas homens exclamou:

— Que sortuda! Vai poder chegar mais tarde para trabalhar.

Que sortuda, fico enjoada toda hora, sou incapaz de sentar ou cagar direito e estou sempre cansada, sonolenta e dolorida, Jiyoung quis responder, mas se conteve. Ficou decepcionada com os comentários insensíveis, que não demonstravam nenhuma preocupação com o desconforto e as dores da gravidez, mas não podia esperar que alguém que não fosse seu marido ou de sua família entendesse isso.

Quando Jiyoung ficou quieta, outro colega homem o repreendeu:

— Mas ela vai para casa meia hora mais tarde também. No fim, tem de trabalhar o mesmo tanto.

— Ah, sim, como se alguém neste escritório conseguisse ir embora no horário. Ela só vai ganhar meia hora de graça.

Jiyoung, com raiva, respondeu que não tinha intenção nenhuma de chegar meia hora mais tarde. Que seguiria trabalhando o mesmo tanto que todo mundo. Que não tinha a intenção de ganhar um minuto que fosse de graça. Desejou não ter falado tão precipitadamente ao ir para o escritório uma hora mais cedo do que todo mundo para proteger a gravidez do inferno do metrô na hora do *rush*. Perguntou-se se estava criando um precedente ruim para as funcionárias mais jovens. Não tinha como ganhar:

exercer todos os seus direitos e desfrutar de seus benefícios fazia dela uma sanguessuga, e brigar com unhas e dentes para evitar acusações dificultava as coisas para as colegas que viessem a passar por uma situação parecida.

Quando ela pegava o metrô durante o dia para uma reunião ou precisava ir ao médico, as pessoas costumavam se levantar para que ela se sentasse, mas não durante a hora do *rush*. Apertando as laterais do tronco para aliviar a dor aguda, ela dizia a si mesma que os outros se importavam, sim — só estavam cansados demais para fazer alguma coisa. Mas ficava magoada quando lhe lançavam um olhar incômodo por ficar em pé diante delas.

Voltando do trabalho certo dia, um pouco mais tarde do que o normal, não havia nenhum lugar vago e quase nenhuma alça livre para que ela se segurasse no vagão. Ela conseguiu uma perto das portas, e uma mulher, que parecia estar na casa dos cinquenta, olhou para sua barriga e perguntou de quantos meses ela estava. Ela sorriu sem jeito e resmungou uma resposta para não chamar atenção para si mesma. A mulher perguntou se ela estava voltando do trabalho. Jiyoung assentiu e desviou o olhar.

— Aposto que as laterais estão começando a doer, não? Os joelhos e tornozelos também. Torci o tornozelo semana passada em uma trilha. Está doendo até agora, e não estou colocando nenhum peso sobre ele. Se não fosse isso, eu lhe daria meu lugar. Meu Deus, como eu queria que alguém se levantasse para você se sentar. Aguente aí, mamãe.

A mulher olhou em volta para ver se alguém ia se levantar, deixando todos constrangidos, mas não tanto quanto Jiyoung. Ela cansou de repetir que estava tudo bem, que não precisava se sentar, mas a mulher não queria saber. Jiyoung estava prestes a se afastar quando uma garota com a jaqueta de uma universidade que estava sentada ao lado da mulher se levantou agitada.

Batendo no ombro de Jiyoung ao passar por ela, a garota disse alto o bastante para que ela ouvisse:

— Quase parindo e ainda pegando o metrô para ganhar dinheiro... Obviamente não tem condições financeiras para ter filhos.

Lágrimas caíram dos olhos de Jiyoung. *É isso que eu sou: alguém que ainda sai para ganhar dinheiro. Pegando metrô. Prestes a parir.* Lágrimas pesadas demais para esconder ou cobrir continuaram rolando. Ela saiu do vagão na parada seguinte. Sentou-se em um banco na plataforma e chorou sem parar, antes de passar pelas catracas. Estava longe de casa e em uma região onde nunca estivera, mas deixou a estação. Encontrou uma fileira de táxis em um ponto e entrou no primeiro. Podia ter tomado o metrô seguinte e chorado no vagão onde não conhecia ninguém, mas entrou em pânico. Preferiu pegar um táxi. Quis pegar um táxi.

O obstetra com uma barriga um pouco maior que a de Jiyoung deu um sorriso caloroso e disse a ela que "comprasse roupas de bebê cor-de-rosa". O casal não tinha preferência, mas sabia que os mais velhos da família esperavam que fosse um menino, e um pequeno sentimento de pavor tomou conta deles ao pensar nas situações de estresse que poderiam ocorrer quando seus pais descobrissem o sexo. A mãe de Jiyoung falou:

— Tudo bem, o próximo vai ser menino.

A mãe de Daehyun comentou:

— Eu não me importo.

Jiyoung se importou, e bastante, com o que elas disseram.

Não era só a geração mais velha. Mulheres da idade de Jiyoung vergonhosamente diziam coisas como "Minha primeira foi uma menina, então fiquei nervosa até descobrir o sexo do segundo", "Posso manter minha cabeça erguida diante dos meus sogros agora que tenho um menino" ou "Comecei a me dar de presente todo tipo de comida cara quando descobri que ia ter um menino". Jiyoung queria dizer que podia manter a cabeça erguida também. Que estava comendo tudo que tinha vontade, mas se segurava para não parecer amargurada.

Conforme a data do parto se aproximava, Jiyoung tentava se decidir se tirava licença-maternidade ou se pedia demissão de uma vez. A decisão sensata seria tirar uma licença-maternidade o mais longa possível e avaliar suas opções durante esse período, e, ainda que o melhor fosse pedir demissão, isso não seria o ideal do ponto de vista da empresa e dos colegas.

O casal discutiu a questão com bastante afinco. Em uma grande folha de papel, analisaram três cenários: voltar a trabalhar imediatamente, voltar a trabalhar depois de um ano de licença-maternidade e não voltar a trabalhar. Para cada um, eles falavam sobre quem ficaria responsável por cuidar do bebê, quanto isso custaria e outros prós e contras. Se os dois estivessem trabalhando, a única opção seria mandar a criança para os pais de Daehyun em Busan ou contratar uma babá que morasse com eles.

A opção de Busan não era viável. Os pais diziam que cuidariam dela com prazer, mas os dois eram idosos e a mãe tinha passado por uma cirurgia nas costas. O casal era relutante quanto a contratar uma babá que morasse com eles. Ela não só cuidaria da criança, como também compartilharia sua rotina, as tarefas da casa e o tempo em família. *Já é difícil encontrar alguém que cuide bem de crianças... Será que é possível encontrar uma estranha que se dê bem com a gente também? Mesmo que encontrássemos uma pessoa adequada, o custo seria considerável. E quanto tempo a babá ficaria conosco? Qual seria a idade apropriada para a criança ir para a escola, praticar atividades após a escola e fazer o próprio jantar? E quantos desafios, situações estressantes e momentos de culpa teríamos de viver até então?*

No fim, eles concluíram que um deles teria de ficar em casa e que essa pessoa, é claro, era Jiyoung. O emprego de Daehyun era mais estável e pagava melhor, mas, além disso, era mais comum que os maridos trabalhassem e as esposas criassem os filhos e cuidassem da casa.

O fato de Jiyoung já esperar que isso fosse acontecer não a fez se sentir menos deprimida. Daehyun acariciou seus ombros caídos.

— Vamos contratar uma babá de vez em quando depois que a bebê estiver crescidinha e podemos colocá-la na creche também — disse ele. — Você pode usar esse tempo para estudar e procurar outro trabalho. Encare isso como uma oportunidade de iniciar um novo capítulo. Eu vou ajudar você.

Jiyoung sabia que o apoio de Daehyun era sincero, mas ainda assim não conseguiu esconder a raiva.

— Ajudar? Que história é essa de ajudar? Você vai "ajudar" com as tarefas de casa. "Ajudar" na criação da nossa filha. "Ajudar" a encontrar outro trabalho. Não é sua casa também? Seu lar? Sua filha? E se eu trabalho, *você* também não gasta meu salário? Por que você fica repetindo que vai "ajudar", como se estivesse se oferecendo para colaborar com o trabalho de outra pessoa?

Jiyoung se sentiu mal por atacá-lo depois de os dois terem feito um bom trabalho em equipe ao tomar uma decisão difícil. Ela pediu desculpa ao marido atordoado e gago, que respondeu:

— Não se preocupe.

Jiyoung não chorou ao anunciar ao diretor da empresa que estava pedindo demissão ou quando a líder da equipe, Kim Eunsil, disse que esperava trabalhar com ela novamente no futuro. Não chorou ao levar as coisas do escritório, um pouco por dia todos os dias, ou na festa de despedida ou na última volta para casa. No dia seguinte, ela preparou leite quente para Daehyun e se despediu dele, voltou para a cama e acordou por volta das nove. *Acho que vou comprar uma torrada a caminho da estação. Vou comer sopa* biji *no almoço na Jeonju Diner. Talvez vá ao cinema antes de voltar para casa se sair do trabalho cedo? Preciso passar no banco para sacar os títulos vencidos.* Então de repente ela se lembrou de que não tinha mais um escritório aonde ir. A rotina seria diferente dali em diante e, até que ela se acostumasse com isso, prever e planejar seria impossível. Foi quando as lágrimas rolaram.

A agência de marketing foi seu primeiro emprego. O primeiro passo que deu no mundo do trabalho. As pessoas diziam que o mundo profissional era uma selva e os amigos que fazemos depois da faculdade não são amigos de verdade, mas isso não era exatamente verdade. As coisas eram mais absurdas do que razoáveis, e a empresa era um lugar onde se colhia muito menos do que se plantava, mas, como um indivíduo que não pertencia a nenhum grupo, Jiyoung percebeu que a empresa tinha sido uma fortaleza para ela. Havia mais colegas bons do que maus. Ela se dava melhor com eles do que com os amigos da faculdade, talvez em função dos interesses e gostos parecidos. O salário não era alto e não causava muito impacto na sociedade, nem criava algo que se pudesse ver ou tocar, mas era motivo de alegria para ela. Proporcionava uma sensação de conquista quando ela finalizava tarefas e subia degraus, e ela era recompensada ao saber que estava administrando a própria vida com o dinheiro que ganhava. Mas isso tudo tinha acabado. Foi assim que terminou, embora ela não fosse incompetente ou preguiçosa. Assim como deixar seu filho aos cuidados de outra pessoa não quer dizer que você não o ame, pedir demissão para ficar com ele não quer dizer que você não tenha paixão pela carreira.

Em 2014, quando Kim Jiyoung saiu da empresa, uma em cada cinco mulheres casadas pediam demissão na Coreia por motivos de casamento, gravidez, parto e para cuidar dos filhos ou educá-los.[16] A taxa de participação de mulheres na força de trabalho cai significativamente antes e após o parto. A porcentagem parte de 63,8% para mulheres entre vinte e vinte e nove anos, cai para 58% para mulheres entre trinta e trinta e nove anos e volta a subir para 66,7% para mulheres com mais de quarenta anos.[17]

---

[16] STATISTICS KOREA. *Women's Lives Through Statistics in 2015* [A vida das mulheres segundo as estatísticas em 2015].

[17] CHOI, Minjeong. Current Situations and Tasks of Policy for Supporting Women on Career Breaks [Situações atuais e incumbências da política de apoio a mulheres em pausas na carreira]. *Health and Social Welfare Review*, p. 63, set. 2015.

Tendo passado bastante da data prevista e sem sinais de que ela entraria em trabalho de parto, Jiyoung e o médico concordaram que a melhor opção era induzir, pois o bebê estava crescendo, e o líquido amniótico, diminuindo. Na noite anterior à entrada no hospital, Jiyoung e Daehyun compartilharam barriga de porco grelhada para quatro, comeram uma tigela de arroz cada e foram para a cama cedo. Jiyoung não conseguia dormir. Estava com medo e curiosa e recebeu a visita de memórias insignificantes, como a irmã mais velha fazendo a lição de casa por ela, a mãe se esquecendo de colocar rabanete em conserva em seu *kimbap* para o piquenique da escola, a colega de trabalho levando biscoitos de arroz sem sabor no auge de seus enjoos matinais. Conforme as lembranças surgiam, uma depois da outra, emoções e sensações voltavam aceleradas e detalhadas. Estava quase amanhecendo quando ela finalmente pegou no sono, e teve vários sonhos com o parto durante o breve descanso.

Jiyoung deu entrada no hospital cedo e vestiu a camisola. No leito da sala pré-parto, ela recebeu lavagem intestinal e tratamento de indução com um monitor de movimento fetal preso em volta da barriga. As pálpebras, então, pesaram, e ela começou a cochilar, mas sempre era despertada por duas enfermeiras e um médico que se revezavam para fazer o exame cervical. As rondas levaram os "exames" a outro nível para Jiyoung. Nem se eles enfiassem a mão, pegassem a bebê pelo braço e a puxassem para fora pareceria mais invasivo. Para Jiyoung, era como se um desastre natural, como um furacão ou um terremoto, estivesse acontecendo dentro de seu corpo. A dor começou a se espalhar desde o cóccix, aumentando aos poucos e vindo em intervalos cada vez mais curtos. Jiyoung logo se viu puxando as pontas do travesseiro e uivando de dor. Com a progressão do trabalho de parto, ela se sentiu como uma boneca sendo torcida em um ângulo anatomicamente impossível e partida ao meio pela cintura, mas sem dilatação suficiente e sem sinal de que a bebê estivesse descendo. À medida que as contrações se intensificavam, Jiyoung repetia uma única palavra, como se estivesse possuída:

— Epi... epidural... epidural... por favor... eu imploro.

A epidural permitiu ao casal duas horas e meia de paz, mas, após a breve trégua, a dor voltou absurdamente mais intensa.

Jiwon, uma garotinha, nasceu às quatro da manhã. A bebê era tão doce que Jiyoung chorou ainda mais do que durante o parto. Mas Jiwon chorava dia e noite até que a pegassem no colo, e Jiyoung tinha de cuidar da casa, ir ao banheiro e cochilar enquanto a segurava. Amamentando de duas em duas horas e, portanto, incapaz de dormir muito, ela limpava a casa com mais afinco do que antes, lavava as roupas e os paninhos da bebê, se alimentava bem para produzir leite suficiente e chorava muito mais do que havia chorado a vida inteira. Acima de tudo, todo seu corpo doía. Ela não conseguia mexer os punhos. Certa manhã de sábado, ela deixou a bebê com Daehyun e foi até uma clínica de ortopedia onde se consultara quando machucou o tornozelo. O velho disse que os pulsos de Jiyoung estavam inflamados, mas não era sério. Ela trabalhava com algo pesado para os pulsos? Jiyoung respondeu que tinha dado à luz havia pouco tempo.

— Todas as juntas ficam fracas depois do parto — esclareceu ele, assentindo como quem diz *Isso explica tudo*. — Não posso prescrever nada muito forte se você estiver amamentando. Tem tempo para vir fazer fisioterapia?

Jiyoung balançou a cabeça.

— Tente descansar os pulsos. Não há outra solução.

— Não posso. — Jiyoung suspirou levemente. — Tenho de cuidar da bebê, lavar e limpar...

O médico riu para si mesmo.

— Antigamente, as mulheres usavam tacos para lavar a roupa, acendiam fogueiras para ferver as roupas dos bebês e se arrastavam para varrer e esfregar o chão. Você não tem máquina de lavar e aspirador? As mulheres de hoje em dia... Que motivo vocês têm para reclamar?

A roupa suja não entra na máquina sozinha, pensou Jiyoung. *As roupas não se lavam sozinhas com sabão e água, saem quando estão limpas e se penduram no varal. O aspirador de pó não anda pela casa com um pano úmido e outro seco, limpa o chão e lava e seca os panos. Você já operou uma máquina de lavar ou um aspirador de pó?*

O médico consultou o histórico de Jiyoung, disse que receitaria um medicamento que fosse seguro para a amamentação e clicou no mouse do computador algumas vezes. *Antigamente, os médicos tinham de ir até o arquivo procurar o histórico dos pacientes e escrever as receitas à mão. Antigamente, funcionários de escritório tinham de correr atrás dos chefes com relatórios para que os aprovassem. Antigamente, fazendeiros plantavam com as mãos e colhiam com foices. Que motivos essas pessoas têm para reclamar hoje em dia?* Ninguém é insensível a ponto de dizer isso. Cada área teve seus avanços tecnológicos e se desenvolveu de modo a reduzir o trabalho físico exigido, mas as pessoas relutam em admitir que isso também se aplica às tarefas domésticas. Desde que se tornara dona de casa em tempo integral, ela percebia com frequência que havia uma atitude polarizada no que dizia respeito ao trabalho doméstico. Alguns o menosprezavam, considerando-o "vadiar em casa", enquanto outros o glorificavam, considerando-o "o trabalho que sustenta a vida", mas ninguém tentava calcular seu valor monetário. Provavelmente porque, a partir do momento em que colocamos preço em algo, alguém tem de pagar.

A mãe de Jiyoung não pôde ajudá-la na recuperação do parto porque estava ocupada com o restaurante de mingau. Os negócios não iam tão bem quanto antes desde que uma variedade de estabelecimentos abrira no prédio comercial. Ao reduzir o número de funcionários para diminuir os custos, a mãe passou a trabalhar mais horas. Ainda assim, o restaurante rendia o suficiente para o sustento do irmão mais novo, que tinha escolhido prolongar sua educação. A mãe levava sobras de mingau para Jiyoung sempre que podia.

— Estou tão orgulhosa da minha magricelinha. Teve uma filha, está amamentando e cuidando dela sem minha ajuda. Esse é o poder do amor materno.

— Como era quando você estava criando a gente? Não era difícil? Você não se arrependeu de ter tantos filhos? Você também era poderosa?

— Nossa. Nem me fale. Sua irmã era escandalosa desde que nasceu. Ela chorava tanto dia e noite que eu estava sempre correndo para o hospital para ver se ela tinha algum problema. Eu tive três, seu pai nunca trocou uma fralda e sua avó fazia três refeições por dia como um reloginho. Eram tantas coisas para fazer que eu caía no sono toda hora, com dores por todo o corpo... Era um inferno.

Por que a mãe de Jiyoung nunca falou nada? Ninguém compartilhara esses detalhes com Jiyoung — nem a mãe, nem parentes, nem amigas mais velhas, nem mesmo amigas da mesma idade que tinham filhos. Os bebês na TV ou no cinema eram todos lindos e fofinhos, e as mães, sempre retratadas como belas e nobres. Jiyoung era responsável e capaz de criar bem a filha, mas não queria ouvir pessoas dizendo quanto tinham orgulho dela ou como ela era nobre. Esses comentários a faziam se sentir culpada por estar exausta.

No ano em que Jiyoung se casou, um documentário sobre parto natural passou na TV. Surgiram várias publicações sobre o assunto, dando uma popularidade repentina ao parto natural, cujo ponto crucial eram o mínimo de intervenção médica e uma experiência na qual a mãe e o bebê pudessem tomar as próprias decisões. Mas o parto tem a ver com a proteção de duas vidas. Jiyoung escolheu dar à luz em um hospital com a ajuda de especialistas porque achou que assim era mais seguro, e acreditava que o plano de parto era uma decisão baseada nos princípios e nas circunstâncias dos pais, não algo que servisse para um julgamento de valor. No entanto, um número significativo de meios de comunicação informava sobre os efeitos adversos que intervenções médicas e medicação podiam causar ao recém-nascido — cuja relação causal era especulativa — para despertar culpa e medo. Pessoas que tomam um analgésico ao menor sinal de dor de cabeça ou que precisam de creme anestésico para tirar uma verruga exigem que mulheres em trabalho de parto devem suportar a dor, a exaustão e o medo mortal com prazer. Como se isso fosse amor materno. Essa ideia de "amor materno" vem se espalhando como um dogma religioso. Aceite o Amor Materno como seu Senhor e Salvador, pois o Reino está próximo!

— Obrigada por sempre trazer comida, mãe. Eu teria morrido de fome sem você.

Jiyoung só dizia "obrigada". Não havia mais nada que pudesse dizer para a mãe depois de todo esse tempo.

A antiga colega de trabalho, Kang Hyesu, tirou um dia de folga e foi visitá-la, levando roupinhas, fraldas e um brilho labial.

— Por que brilho labial?

— Estou usando agora, está vendo? É uma cor bonita, não é? Nosso tom de pele é parecido, então pensei que ficaria bem em você também.

Jiyoung ficou feliz por Hyesu não argumentar coisas como "Mães também são mulheres" ou "Tire essa calça de moletom e se arrume um pouco de vez em quando". *Vi isso e pensei que ficaria bem em você.* Fim. Simples assim. Jiyoung se sentiu melhor e experimentou o brilho. Caiu mesmo bem nela, e isso a deixou ainda mais feliz.

Elas pediram comida chinesa e trocaram novidades e fofocas. No meio da conversa, Jiyoung amamentou Jiwon, deu-lhe comida sólida, trocou fralda, andou pela casa para consolá-la quando ela chorou e a colocou para dormir. Hyesu relutou em pegar Jiwon, disse que tinha medo de machucá-la, mas aqueceu a comida no micro-ondas, pegou fraldas limpas e lavou a louça.

— Ela é um encanto — comentou Hyesu, depois de ficar um bom tempo vendo Jiwon dormir. — Mas não estou dizendo que quero uma.

— Ela é mesmo um encanto — concordou Jiyoung. — Mas não estou dizendo que você deveria ter uma. Juro. Mas *se* você tiver, eu lhe dou as roupas dela.

— E se for um menino?

— Sabe quanto custam essas roupinhas de bebê? Se tiver um e alguém lhe oferecer roupinhas, você não vai se importar se são cor-de-rosa ou cor de bosta.

Hyesu caiu na gargalhada.

Jiyoung perguntou por que Hyesu tinha tirado o dia de folga no meio da alta temporada, e a amiga contou que houve um escândalo no escritório. Descobriram uma câmera escondida nas cabines do banheiro feminino. O responsável era o segurança do prédio, de vinte e poucos anos. Cerca de dois anos antes, quando a associação de edifícios comerciais negociou um acordo com uma nova empresa de segurança, os seguranças mais velhos do térreo foram todos substituídos por outros mais jovens. Alguns diziam se sentir mais seguros, enquanto outros relatavam que eles eram mais assustadores que assaltantes. Jiyoung se perguntava que fim levaram os seguranças que foram dispensados.

A parte mais perturbadora desse escândalo foi como as pessoas descobriram. O agente de segurança publicava as fotos da câmera escondida em um site de pornografia, do qual um gerente da empresa onde Jiyoung trabalhara era membro. Não demorou muito para que o supervisor reconhecesse a estrutura do banheiro feminino e as roupas das mulheres e percebesse que as pessoas nas fotos eram na verdade suas colegas. Mas, em vez de relatar isso à polícia ou às vítimas, ele compartilhou as fotos com os colegas homens do escritório. Até o momento, ninguém sabia exatamente quantos compartilharam as imagens, que tipo de conversa tiveram sobre elas, quantas imagens eram ou por quanto tempo. Mas um dos funcionários que viu insistiu para que uma funcionária (com quem estava saindo em segredo) usasse o banheiro de outro andar. Desconfiada, essa mulher pressionou o namorado até ele confessar toda a história. Ela não podia denunciar às autoridades, no entanto, porque o relacionamento deles era secreto. Depois de se agoniar pensando no que fazer, ela confidenciou à colega mais próxima, que calhou de ser Kang Hyesu.

— Avisei todas as mulheres do escritório. Procuramos pelas câmeras e denunciamos o caso à polícia — disse Hyesu. — Todos estão sendo investigados: o segurança psicopata e os pervertidos do escritório que passaram as imagens adiante.

— Isso é repugnante. Simplesmente repugnante.

Jiyoung não sabia o que dizer além disso. Então percebeu que era possível que houvesse fotos suas, o que fez ela se perguntar, caso fosse verdade, quem as tinha visto e se estavam flutuando por aí na internet. Como se soubesse o que Jiyoung estava pensando, Hyesu acrescentou que as câmeras escondidas tinham sido instaladas no último verão, depois de Jiyoung sair da empresa.

— Na verdade, estou fazendo terapia — comentou Hyesu. — Isso está me enlouquecendo. Embora eu finja que estou bem, rindo alto com as pessoas, parece que o mundo inteiro me reconhece daquelas fotos. Até um contato visual aleatório com um estranho me faz pensar se aquela pessoa viu minhas fotos e, quando alguém sorri, penso que essa pessoa está zombando de mim. A maioria das mulheres do escritório está tomando remédio ou fazendo terapia. Jungeun teve uma overdose de remédios para dormir e precisou fazer uma lavagem estomacal. Algumas pessoas pediram demissão: duas mulheres do Departamento de Assuntos Gerais, Choi Hyeji e Park Seonyoung, as supervisoras.

Ouvindo Hyesu, Jiyoung pensou no fato de que teria sido fotografada por uma das câmeras se não tivesse pedido demissão. Abalada, como outras funcionárias da empresa, talvez ela precisasse ser medicada e acabasse desistindo do emprego. Ela nunca suspeitou que uma pessoa comum como ela pudesse ser vítima de ter fotos pornográficas jogadas na internet. O agente de segurança tinha colocado câmeras escondidas no banheiro feminino e os colegas dela compartilharam as imagens. Hyesu disse que nunca mais conseguiria confiar em um homem.

— Os funcionários acusados nos culpam por termos sido muito duras com eles — acrescentou. — Dizem que não foram eles que instalaram as câmeras ou tiraram as fotos, só viram umas imagens postadas em um site ao qual todos têm acesso, e *nós* estamos agindo como se eles fossem os agressores. Eles *distribuíram* as imagens e foram cúmplices dos crimes, mas não entendem qual é o problema. Isso me tira do sério.

Hyesu explicou que Eunsil, a líder da equipe, junto com várias vítimas que decidiram se impor, estava lidando com a situação e se aconselhando com uma organização de mulheres. Ela também queria sair da empresa e levar parte das mulheres para abrir o próprio negócio, porque o diretor da empresa recusou a exigência das vítimas de um pedido de desculpas oficial, além do compromisso de instaurar medidas de prevenção e a punição dos responsáveis. Tudo o que ele queria era encerrar o caso silenciosamente: *Vai destruir a reputação da empresa se isso se espalhar na área. Os funcionários acusados também têm família e pais para proteger. Vocês querem mesmo destruir a vida das pessoas assim? Vocês querem que as pessoas descubram que suas fotos estão espalhadas por aí?* Essas palavras egoístas e absurdas foram despejadas pela boca do diretor, que era considerado progressista e razoável em comparação aos colegas. Foi a gota d'água para Eunsil.

— O fato de eles terem família e pais — retrucou Eunsil — é o motivo pelo qual não deviam fazer essas coisas, não o motivo pelo qual devem ser perdoados. Você é quem precisa ser razoável. Talvez tenha a sorte de se safar dessa vez, mas, se continuar varrendo os problemas para debaixo do tapete, logo vai haver outro incidente como este. Você sabe que esta empresa não tem feito os seminários obrigatórios sobre assédio sexual, não sabe?

Na verdade, Eunsil também estava exausta e com medo. Todas elas — a líder da equipe, Kang Hyesu e as vítimas que estavam ao lado delas — queriam que o caso fosse resolvido logo para que pudessem voltar a suas vidas normais. Enquanto os agressores tinham medo de perder uma pequena parte do privilégio, as vítimas corriam o risco de perder tudo.

Jung Jiwon começou a frequentar a creche pouco depois de completar um ano e se adaptou surpreendentemente bem ao novo ambiente. Chegava às nove e meia da manhã, fazia um lanchinho, brincava, almoçava, voltava antes da uma, tomava banho e tirava um cochilo. Descontando o tempo de levá-la e buscá-la, sobrava a Kim Jiyoung cerca de três horas para si mesma. Passava a maior parte desse tempo lavando a roupa e a louça, arrumando tudo e fazendo lanchinhos e refeições para a bebê. Mal conseguia se sentar e desfrutar de uma xícara de café.

De acordo com as estatísticas, uma mãe que fica em casa com um bebê com menos de dois anos tem quatro horas e dez minutos do dia para si mesma, e uma mãe cujo bebê frequenta a creche tem quatro horas e vinte e cinco minutos, o que dá uma diferença de apenas quinze minutos entre os dois grupos. Isso significa que as mães não conseguem descansar nem quando o bebê fica aos cuidados de outra pessoa. A única diferença é se as tarefas domésticas são feitas com um bebê a tiracolo ou não.[18] Era um alívio enorme para Jiyoung ter um momento para se concentrar na casa.

A professora da creche disse que Jiwon era uma boa menina e estava se adaptando bem o bastante para tentarem um cochilo lá mesmo, assim ela poderia voltar para casa um pouco mais tarde. Jiyoung falou que por enquanto a buscaria logo após o almoço, mas saber que poderia ter mais tempo para si despertou o interesse de começar algo novo.

Antes de Jiwon nascer, o casal tinha economizado e quitado o empréstimo para o depósito caução do apartamento. Mas, depois que o contrato de dois anos acabou, o proprietário aumentou o valor em 60 milhões de wons, o que obrigou o casal a pedir outro empréstimo. Eles não tinham como comprar uma casa para uma família de três pessoas apenas com a renda de Daehyun, e pagar uma

---

[18] THE END of Housewives [O fim das donas de casa]. *The Hankyoreh*, v. 21, n. V, p. 948.

hipoteca seria um desafio ainda maior depois que Jiwon entrasse para o jardim de infância e começasse a frequentar atividades extracurriculares. Jiyoung se sentiu pressionada a contribuir. Moradia, custo de vida, educação... os preços subiam de forma estratosférica. À exceção dos herdeiros e dos poucos lares de classe alta, todos viviam no limite.

Jiyoung conhecia muitas mães que tinham voltado à ativa assim que mandaram os filhos para a creche. Algumas trabalhavam como *freelancers* em suas áreas de atuação; outras entraram no mercado de educação privada, dando aulas particulares, em cursinhos preparatórios ou para pequenos grupos em casa. O cenário mais comum era conseguir um emprego de meio período, como caixa, garçonete, atendente de telemarketing ou prestadora de serviços, trocando filtros de bebedouros. De acordo com relatórios oficiais, mais da metade das mulheres que largam o emprego ficam mais de cinco anos sem conseguir recolocação. Mesmo que consigam um trabalho, é comum que acabem em funções mais subalternas em relação ao emprego anterior. Em comparação ao que tinham antes de ter filhos, dobra a proporção de mulheres trabalhando em lugares com quatro ou menos funcionários. Menos mulheres conseguem empregos em fábricas e escritórios, enquanto um número maior acaba no setor hoteleiro, de restaurantes e vendas. Com frequência, o salário também é mais baixo.[19]

Desde que as creches públicas abriram, jovens mães são censuradas por deixar seus filhos aos cuidados de outras pessoas para tomar um café, fazer as unhas e fazer compras em lojas de departamentos. A realidade é que pouquíssimos casais na casa dos trinta anos conseguem manter esse estilo de vida. Muito mais mães servem às mesas em restaurantes e cafés, fazem a unha de outras mulheres e trabalham como vendedoras em lojas de departamentos por um salário mínimo. Desde que Jiwon nascera, sempre que encontrava uma mulher trabalhadora com a mesma idade, Jiyoung se perguntava: *Ela tem filho? De quantos meses? Quem está cuidando da criança?* Muitas pessoas não querem aceitar o fato de que todas as dificuldades da vida — economia estagnada, custo de vida alto, ambiente de trabalho adverso, por exemplo — afetam homens e mulheres igualmente.

Jiyoung tinha acabado de deixar a filha na creche e parou no supermercado quando viu um aviso na sorveteria que ficava na entrada. Eles estavam procurando por funcionários de meio período: "Das 10h às 16h. 5.600 wons/hora. Donas de casa são bem-vindas." Isso chamou a atenção de Jiyoung. A funcionária atual também

---

[19] KIM, Yeongok. *Status of Women with Career Break and Policy Tasks* [Situação das mulheres com interrupção de carreira e incumbências políticas]. Analysis of 2015 Labor Market by Korea Employment Information Service [Análise do mercado de trabalho em 2015, do Serviço de Informações sobre Emprego da Coreia].

parecia ser dona de casa. Ela comprou um sorvete e perguntou sobre a vaga. A mulher explicou, amigável, que era mãe de dois e que trabalhava ali havia quatro anos enquanto as crianças estavam na creche. Precisava sair porque o primeiro filho ia começar a primeira série. Estava muito triste por largar o emprego.

— O trabalho não é muito corrido nos dias de semana porque a loja fica dentro do prédio, e temos ainda menos clientes quando o clima esfria. Meus braços ficavam doloridos de tirar o sorvete antes, mas peguei o jeito.

— Você não devia ter assinado um contrato para receber benefícios depois de dois anos?

— Ah, céus. Você não sabe nada sobre o trabalho de meio período, não é? Não existem contratos com benefícios nesse caso. *Comece amanhã. Sim, senhor*. É assim. Você faz um acordo verbal, começa a trabalhar, eles pagam às vezes em sua própria conta bancária, às vezes na do seu marido. Meu empregador fez a gentileza de me oferecer uma pequena indenização por eu ter trabalhado aqui durante tanto tempo.

Talvez pelo fato de as duas serem mães — ou porque Jiyoung não soubesse nada sobre esse tipo de trabalho —, a moça da sorveteria pareceu querer dar o emprego a ela. Ela disse que não havia muitas oportunidades a que as mães pudessem se dedicar enquanto os filhos estavam na creche, que Jiyoung não encontraria nada muito melhor e que tiraria o anúncio para que Jiyoung pudesse pensar e ligar para ela quanto antes. Jiyoung respondeu que conversaria com o marido e estava prestes a ir embora quando a mulher disse:

— Eu também tenho diploma universitário, sabe?

Por algum motivo Jiyoung se engasgou com a confissão da mulher. No decorrer do dia, não conseguiu parar de pensar no que ela lhe dissera. Quando Daehyun chegou tarde naquela noite, Jiyoung perguntou a opinião dele. Daehyun ficou pensativo, com os olhos fixos no relógio.

— É isso que você quer fazer? — indagou.

Para falar a verdade, Jiyoung não gostava de sorvete. Não tinha interesse em sorvete nem conseguia se imaginar estudando algo relacionado ou se dedicando a uma carreira em uma área afim. Não havia perspectiva de passar de meio período para tempo integral ou fazer carreira na empresa de sorvetes. Ela provavelmente receberia um salário mínimo até o dia em que pedisse demissão. O trabalho não tinha futuro, mas os benefícios imediatos vinham à mente: uma renda de 700 mil wons por mês não era pouco para um lar de classe média. Não era exigido que contratassem uma babá, e ela conseguiria equilibrar o emprego, os cuidados com a filha e as tarefas da casa. Não era uma decisão fácil.

— É isso que você quer fazer? — perguntou ele mais uma vez, e ela respondeu que não. — É claro que não se pode viver só fazendo o que se quer. Mas, Jiyoung, eu estou trabalhando no que quero. Não posso aconselhar você a fazer algo que não quer sendo que você pediu demissão do emprego de que gostava enquanto eu continuo na área que quero. Enfim, essa é minha contribuição por enquanto.

Jiyoung se pegou pensando de novo sobre a futura carreira pela primeira vez em dez anos. Enquanto sua prioridade uma década antes eram habilidades e interesses, havia muito mais variáveis a considerar agora. O mais importante era poder cuidar de Jiwon o máximo possível — um emprego que permitisse a ela apenas mandar Jiwon para a creche, e não contratar uma babá.

Quando trabalhava na agência de marketing, Jiyoung sempre quis ser repórter. Sendo realista, era difícil que ela fosse contratada como repórter por meio de processos seletivos, mas trabalhar como *freelancer* ou colaboradora parecia um objetivo possível. A possibilidade de começar algo novo fez seu coração palpitar com uma emoção esquecida. Primeiro, ela pesquisou escolas de jornalismo, mas a maioria dos programas só tinha aulas noturnas destinadas àqueles que trabalhavam em período integral. As creches já estariam fechadas nesse horário, e, mesmo que o marido saísse do trabalho pontualmente, ela não conseguiria chegar à escola antes de a primeira metade das aulas ter terminado. Ela podia optar por contratar uma babá para o período da noite, mas era difícil encontrar profissionais que pudessem trabalhar apenas por um curto período. O fato de ter de contratar uma babá só para estudar, não para trabalhar, já a fez se sentir exausta. O preço da mensalidade e o custo da babá também eram altos.

As aulas durante o dia envolviam principalmente hobbies ou licenças para ensinar leitura, escrita ou história para crianças. Parecia que alguém estava dizendo: "Tenha um hobby se tiver condições de pagar por isso. Se não, ensine seus filhos ou os filhos dos outros." Seu potencial profissional e suas áreas de interesse eram limitados porque ela teve um filho. Um sentimento de impotência logo substituiu a emoção que ela havia sentido.

Quando voltou à sorveteria, a vaga já tinha sido preenchida. Jiyoung jurou que se encontrasse um emprego de meio período que oferecesse o período e o salário que ela queria, aceitaria independentemente do que fosse.

A onda de calor aliviou, seguida por dias frescos de outono. Jiyoung pegou a filha na creche e colocou-a no carrinho. A caminho do parque próximo dali para tomar um pouco de ar e sol antes que ficasse muito frio, Jiwon caiu no sono. Jiyoung pensou em dar meia-volta e ir para casa, mas seguiu em frente porque estava gostoso ao ar livre. Um novo café que abrira em frente ao parque estava oferecendo descontos. Jiyoung comprou um café americano e se sentou em um banco do parque.

Jiwon dormia com uma baba comprida pendurada no canto da boca, e Jiyoung desfrutou um café no parque pela primeira vez em um bom tempo. No banco ao lado, um grupo de funcionários de escritório bebia café comprado no mesmo lugar. Eles pareciam ter mais ou menos a idade de Jiyoung. Mesmo sabendo que deviam estar cansados, frustrados e exaustos, ela não pôde evitar sentir inveja. Um dos caras no banco olhou para Jiyoung e sussurrou algo para os colegas. Ela não conseguiu entender todas as palavras, mas ouviu trechos: *Queria eu poder viver do salário do meu marido... vagar por aí e comprar café... essas mães parasitas têm vida fácil... nunca vou me casar com uma coreana...*

Jiyoung foi embora do parque apressada, derramando café quente nas costas da mão. Jiwon acordou e começou a chorar, mas Jiyoung não percebeu enquanto corria para casa, empurrando o carrinho. Ficou atordoada a tarde toda. Deu sopa fria a Jiwon, demorou para trocar as fraldas da filha, que ficou com as roupas sujas; também esqueceu que tinha lavado roupa e pendurou as peças amarrotadas depois que Jiwon dormiu. Quando Daehyun voltou de um jantar de negócios depois da meia-noite com um saquinho de bolinhos recheados de feijão-vermelho, ela se deu conta de que não tinha almoçado nem jantado. Quando ela contou que não tinha comido nada o dia todo, ele perguntou se havia acontecido alguma coisa.

— As pessoas me chamam de "mãe parasita".

Daehyun soltou um longo suspiro e disse:

— Esses comentários on-line são escritos por pré-adolescentes idiotas. Ninguém fala isso na vida real. Ninguém acha isso de você.

— Não, eu ouvi com meus próprios ouvidos hoje. No parque do outro lado da rua, uns caras de uns trinta anos, de terno. Foi assim que eles me chamaram.

Jiyoung contou a ele o que tinha acontecido. Ficou chocada e envergonhada na hora, e quis sair dali no mesmo instante. Mas relatar a situação ao marido a fez corar, e suas mãos tremiam.

— O café custou mil e quinhentos wons. Eles estavam bebendo um café igual ao meu, então devem saber quanto custa. Me diga: eu não mereço beber um café de mil e quinhentos wons? Não importa se são mil e quinhentos ou quinze milhões de wons. Não é da conta de ninguém o que eu faço com o dinheiro que meu marido ganhou. Estou roubando você? Eu senti dores mortais quando tive nossa filha. Minha rotina, minha carreira, meus sonhos, minha vida inteira, eu mesma... eu abri mão de tudo para cuidar da nossa filha. E me tornei um verme. O que eu faço agora?

Daehyun puxou-a com gentileza para perto de si e a abraçou na altura dos ombros. Sem saber o que dizer, ele acariciou suas costas e repetiu:

— Isso não é verdade. Não pense assim.

Jiyoung se transformava em pessoas diferentes de vez em quando. Algumas estavam vivas, outras mortas, todas mulheres que ela conhecera. Independentemente de como a coisa fosse encarada, não era brincadeira ou pegadinha. Ela se transformava naquela pessoa, de verdade, sem tirar nem pôr.

2016

Este é meu resumo aproximado da vida de Kim Jiyoung até agora, baseado nos relatos de Jiyoung e de seu marido, Jung Daehyun. A paciente tem sessões de quarenta e cinco minutos duas vezes por semana e, embora a frequência de seus sintomas tenha diminuído, ainda não desapareceram. Para aliviar a depressão e a insônia, receitei antidepressivos e remédio para dormir.

Suspeitei de transtorno dissociativo (que até então só tinha visto em estudos de caso) quando ouvi Daehyun descrever pela primeira vez os sintomas da esposa, mas concluí, com base na primeira sessão com Jiyoung, que ela sofria de um caso típico de depressão pós-parto que progrediu para depressão materna. No entanto, conforme o tratamento avançou, minha convicção nesse diagnóstico enfraqueceu. Isso não quer dizer que ela seja fechada ou hostil. Ela não reclama do sofrimento e da injustiça de sua realidade atual nem costuma revisitar traumas de infância. Ela não se abre sem que seja incentivada a fazê-lo, mas quando fala desenterra lembranças e as descreve articuladamente, com calma e lógica. Analisando os momentos e as cenas da vida de Kim Jiyoung que ela escolheu compartilhar em nossas sessões, percebo que talvez meu diagnóstico tenha sido apressado. Não estou dizendo que eu estava errado, só que acabei percebendo que existe um mundo desconhecido para mim.

Se eu fosse um homem comum de quarenta anos, teria passado a vida inteira sem adquirir essa consciência. Apenas acompanhando a carreira médica de minha esposa (ela era melhor aluna do que eu quando estudávamos medicina juntos), que teve de abrir mão de várias coisas — antes tentando um cargo de professora de oftalmologia com estabilidade, passou a trabalhar como médica contratada, até desistir de vez da carreira —, pude entender o que significa ser uma mulher, especialmente uma mãe, na Coreia. Francamente, é natural que os homens sigam sem saber, a menos que se deparem com as circunstâncias específicas com as quais me deparei, porque homens não são os principais atores no parto ou na criação dos filhos.

Com os sogros morando no Sul e os pais nos Estados Unidos, minha esposa sobreviveu um dia de cada vez, com a ajuda de várias babás para cuidar de nosso filho. Quando ele finalmente começou a ir à escola, ela o inscreveu em atividades extracurriculares e o matriculou em um *dojo*. O mestre de *tae kwon do* ia buscá-lo na escola e o levava ao *dojo*, onde ele praticava *tae kwon do* e pulava corda enquanto esperava que a mãe saísse do trabalho. Minha esposa dizia que finalmente sentia que tinha tempo para respirar. Mas as primeiras férias ainda nem tinham chegado quando ela foi chamada a comparecer à escola — o garoto enfiou um lápis no dorso da mão de um colega.

Aparentemente ele caminhava pela sala durante a aula. Cuspia na sopa e depois comia. Chutava as outras crianças na canela e xingava os professores. Minha esposa ficou chocada. Às vezes ele chorava quando não queria ir à creche, quando não queria que a mamãe fosse trabalhar, mas todos o consideravam um menino bonzinho e bem-educado. A professora suspeitou de TDAH e eu discordei, mas ela não me ouviu.

— Eu sou psiquiatra. Você prefere acreditar na professora?

Em ebulição silenciosa, minha esposa olhou para mim e disse:

— Você vê os pacientes, olha nos olhos deles e escuta o que eles dizem para fazer um diagnóstico. Você passa, o quê, dez minutos por dia com o garoto? E fica grudado no celular em todos esses dez minutos! Como você poderia saber? Consegue dizer só de vê-lo dormir? Só de ouvir sua respiração? Está possuído? É médium em vez de psiquiatra?

Em minha defesa, eu estava muito ocupado na época porque meu consultório tinha mudado de endereço e expandido. Eu precisava acompanhar e-mails e mensagens pelo celular e às vezes aproveitava para ler as notícias, mas juro que nunca fiquei jogando ou conversando pelo celular. De qualquer forma, tudo o que ela dissera era verdade, então eu não tinha como argumentar. Eu não via a ligação entre minha esposa trabalhar e o garoto estar distraído, mas a professora receitou "mamãe em casa" pelo menos durante os primeiros anos do ensino fundamental, por isso minha esposa deu um tempo do trabalho. Ela se levantava ainda mais cedo do que quando trabalhava para preparar o café da manhã do nosso filho, o acordava e dava banho nele, o alimentava e vestia, o levava para a escola e ia buscá-lo, recebia professores de arte e piano para aulas particulares. À noite, ela dormia com ele em seu quarto. Ela comentava que voltaria a trabalhar quando ele melhorasse e que tinha conversado com um colega mais velho e conseguido uma vaga para quando estivesse pronta. Ligou para o colega pouco depois para cancelar o combinado. Ele não está dando sinais de melhora, disse.

No último dia daquele ano, cheguei em casa tarde depois de uma reunião com amigos da escola. Minha esposa ainda estava acordada, sentada à mesa da cozinha, concentrada escrevendo alguma coisa. Estava resolvendo problemas de matemática. Ilustrações fofas e fotos em uma paleta de cores primárias ocupavam mais da metade da página de um livro do ensino fundamental.

— Por que você está fazendo a lição de casa dele?

— Ele está de férias, e hoje em dia no ensino fundamental eles não fazem as crianças resolverem problemas durante as férias. Não que eu saiba.

— Então por que você está fazendo isso?

— Só por diversão. A matemática de hoje é diferente da que aprendemos na nossa época. É muito difícil e divertida. Veja só isso. É o sistema numérico real do Transporte Público da Cidade de Seul. O objetivo é acertar o número do ônibus consultando a tabela, o mapa e o horário do ônibus. Não é interessante?

Eu não achava que era interessante o bastante para ficar acordado até tarde estudando, mas concordei e fui para a cama porque estava com sono e não não quis discutir.

Naquele fim de semana, achei mais livros de matemática no lixo reciclável. Minha esposa tinha completado todos. Durante todo aquele tempo, eu jogava fora livros e mais livros de matemática achando que nosso filho gostava muito da matéria. Eu podia pensar que aqueles livros eram um passatempo fofo e peculiar, mas aquilo me deixou irritado. Ela era um prodígio da matemática: venceu competições e olimpíadas durante toda a vida escolar, tirou cem em todas as doze provas bimestrais e finais durante os três anos do ensino médio e errou apenas uma pergunta na seção de matemática do exame de admissão da universidade. Eu não conseguia entender por que alguém como ela estava tão entretida com a matéria do ensino fundamental. Quando perguntei, ela respondeu sem rodeios:

— É divertido.

— Para alguém do seu nível? É literalmente coisa de criança.

— Não, é divertido. É muito divertido. Porque é a única coisa que consigo controlar ultimamente.

Minha esposa continua fazendo os exercícios dos livros de matemática, e eu queria que ela se ocupasse com algo mais interessante. Algo em que fosse boa, algo de que gostasse, que realmente quisesse fazer, não algo que faz porque não há mais o que fazer. Desejo o mesmo para Kim Jiyoung.

Olho para as pequenas fotos de família em minha mesa. São da festa de aniversário de um ano do nosso filho. Ele parece tão pequeno e quase irreconhecível, mas eu e minha esposa estamos exatamente iguais. Quando penso que não tiramos uma única foto de família desde então, sinto uma pontada de culpa. Nesse momento, alguém bate à porta do meu consultório. Pelo visto, alguém ainda não foi embora.

Lee Suyeon, uma de nossas terapeutas, entra na sala com delicadeza, coloca um pequeno cacto sobre o peitoril da janela e oferece as palavras habituais de despedida:

— Obrigada por tudo. Sinto muito por ter de sair. Espero poder trabalhar com o senhor novamente no futuro.

Respondo com palavras igualmente formais:

— É uma pena. Obrigado por toda a ajuda. Nós adoraríamos tê-la de volta.

Hoje é seu último dia. Considerando que o médico mandou que ficasse de cama, me pergunto por que está aqui até esta hora.

— Eu só estava organizando os arquivos — explica ela, sem que eu pergunte, ao ver minha expressão de perplexidade.

O diretor da clínica recomendou Suyeon há um ano e ela está trabalhando conosco desde então. Depois de seis anos de casamento e de tentativas, ela finalmente engravidou, mas recebeu a notícia de que sua condição era instável. Depois de alguns sustos, ela decidiu deixar o trabalho "temporariamente". Fiquei descontente com a notícia de início, me perguntando por que ela não poderia só tirar alguns meses em vez de pedir demissão, mas imagino que seja o melhor, uma vez que, de qualquer maneira, ela teria de sair de licença-maternidade logo e causaria inconvenientes para a clínica com atestados médicos relacionados a si mesma e ao filho etc.

Suyeon vinha sendo uma ótima funcionária, sem dúvida. Tem traços bonitos — alguns diriam elegantes —, uma maneira agradável e prática de se vestir, inteligência ágil e charme. Ela inclusive sabe como eu gosto que seja preparado o meu café — de qual cafeteria, com quantas doses de expresso — e traz um a caminho do trabalho. Alegre e afetuosa, tem sempre um sorriso no rosto para colegas e pacientes. Infelizmente, em razão de sua partida repentina, mais pacientes decidiram abandonar o tratamento em vez de serem direcionados a outro terapeuta da clínica. É uma perda de receita. Mesmo as melhores funcionárias podem causar muitos problemas quando não têm uma situação bem resolvida no que diz respeito à maternidade. Vou ter de me certificar de que a pessoa que venha a substituí-la não seja casada.

intrinseca.com.br

@intrinseca

editoraintrinseca

@intrinseca

@editoraintrinseca

editoraintrinseca

1ª edição MARÇO DE 2022
impressão CROMOSETE
papel de miolo PÓLEN SOFT 70G/M²
papel de capa CARTÃO SUPREMO ALTA ALVURA 250G/M²
tipografia PALATINO